变奏
VARIATION

王大进 著

SPM
南方出版传媒
花城出版社
中国·广州

图书在版编目（CIP）数据

变奏 / 王大进著. -- 广州：花城出版社，2020.7
ISBN 978-7-5360-9177-1

Ⅰ. ①变… Ⅱ. ①王… Ⅲ. ①长篇小说－中国－当代 Ⅳ. ①I247.5

中国版本图书馆CIP数据核字(2020)第099613号

出 版 人：肖延兵
责任编辑：程士庆　安　然
技术编辑：凌春梅
封面设计：礼孩书衣坊 LI HAI BOOKSTORE

书　　名	变奏 BIANZOU
出版发行	花城出版社 （广州市环市东路水荫路11号）
经　　销	全国新华书店
印　　刷	佛山市浩文彩色印刷有限公司 （广东省佛山市南海区狮山科技工业园A区）
开　　本	880毫米×1230毫米　32开
印　　张	8.375　1插页
字　　数	205,000字
版　　次	2020年7月第1版　2020年7月第1次印刷
定　　价	48.00元

如发现印装质量问题，请直接与印刷厂联系调换。
购书热线：020-37604658　37602954
花城出版社网站：http://www.fcph.com.cn

目 录

Contents

第一部

002
第一章（1984年—）

035
第二章（1987年春—）

061
第三章（1987年9月—）

第二部

078
第一章（1989年—）

102　　　　　　　　
第二章（1992年—）

130　　　　　　　　
第三章（1998年—）

145　　　　　　　　
第四章（2000年—）

172　　　　　　　　
第五章（2004年—）

第三部

182　　、　　　　　
第一章（2007年—）

205　　　　　　　　
第二章（2011年—）

232　　　　　　　　
第三章（2014年5月—）

第四部

248　　　　　　　　
第一章（2015年岁末—）

257　　　　　　　　
第二章（2016年4月—）

第一部

Part 1

第一章
（1984年—）

1

老于内心里一直有道伤痕，许多年难以愈合。

他第一次高考差了两分，第二次高考差了四分半，第三次高考只差了一分。是的，只差了一分。第一次失利，让村里人感觉很是惋惜，看到他，多是为他鼓劲打气。他们希望村里能出一个大学生，这是一件很光彩、体面的事。第二次又失利，村里人觉得或许还应该再次一搏，毕竟第一次只差了两分嘛。到了第三次，他们就觉得这是命该如此了。只差一分，还不是命吗？家里也再没能力支持他到镇上的中学读复习班，参加第四次高考了。第四次只会更差。他自己也沮丧极了，打击得抬不起头了，就像是突然遭遇一场寒流的秧苗。

他只能认命。

他前两次都是专程赶到县里，到县教育局的大院里查分。大院的围墙上贴满了像大字报一样的纸张，上面密密麻麻地写满了所有考生的名字。他整整找了半天才满脸通红地看到了自己的成绩。第三次只需要到本校就可以查看了，学校公告栏里只有两张白纸，上面的名字和分数也写得很大，一眼就可以看到。他的脸色刷白。

那天其实是燠热难当，但于一心看到自己的名字时，就像看到的是一份死亡名单。原来身上的汗水仿佛全消失了，浑身冰冷，手脚都是麻的，血液都冻住了。校园里树林中的蝉们发了疯一样，叫得声嘶力竭："嘶啦——嘶啦——"

于一心真想把那两张大纸都撕了，撕得粉碎。这真是巨大的耻辱，心里的血一下又全涌到了他的脸上。据有些同学说，他当时面无人色，迅捷地就转身离开了。很多同学和他打招呼，他都是完全不觉的。就连班主任路老师叫了他好几声，他都没理会。他当时整个感觉系统全部关闭了，完全意识不到除自己外的任何存在。他是活的，世界是死的。或者，世界是活的，他却是死的。他在半道上走进了路边的一片玉米地里，然后就躺了进去。透过玉米茎叶的空隙，他一直盯着太阳看。明亮得他全身发冷，闭上眼，脑子里是一片血红。他像一条怀孕的雌鱼，满肚子都是"绝望"。

天色黑透了，他才又慢慢地有了一些知觉，仿佛有些活了。

他内心里是不甘的。他不是不甘心当农民，而是不甘心失败。一个人的运气怎么就会这样背呢？他是有心气的青年。算起来他就有三届的同学，考上的不在少数。而且他在那些同学当中，成绩排名并不差，有时甚至能排到前十。可偏偏就是别人考上了，他却落榜了。谁承受的打击比他更重？他简直就是成了一种笑谈。他的自尊倍受羞辱，而这羞辱居然是自己施加的。

当农民并不可怕。这里的人，谁家不是农民呢？只有乡里的少数干部，才是属于国家的。要不是突然改革开放，恢复高考，没有一个人能逃得掉，全都得在田里刨活。

那时候的他只能算是小于，长得瘦瘦高高的，看上去甚至显得有些羸弱，而且还有些近视。村里人正是因为觉得他单薄，才觉得他应该努力地考大学。但他显然辜负了家里人的希望，也辜负了村里人的期望，考得灰溜溜的，失败回来了。

既然没有考上大学回到村里当了农民，那原来识字的优势就完全没有了。作为一个将来要成家立业的男人，唯一要比拼的就是看谁更能吃苦，挑得起重担。

三柳村不大，也就是只有四十来户人家。像小于这样一直坚持高考的，几乎可以算是独苗。比漂亮的年轻寡妇还要少，稀奇。附近村子里，倒是有人考进了大学的。也就是因为眼热别人，也是看儿子心里有股韧劲，他的父母才咬着牙坚持的。这一坚持，就是三年。而三年后的结果却是一场竹篮打水。为供他复读，家里欠了一些债。他们满心盼望着能有一个喜悦的收获，但没想到"播下的是龙种，收获的却是跳蚤"。

万念俱灰。

再灰，日子也还是要过下去的。他们后来只盼着他将来能顺当地找个媳妇，成家立业，独立出去。

回到村里的那些日子，小于像个麻风病人一样关在家里好多天，不出门。终于有一天他鼓足了勇气走出去了，就发疯一样地干活。他刨地时，比别人刨得更深，感觉和这土地有了深仇大恨。再苦再累，他一声都不吭。他不爱和村里人多打交道，只愿意埋头干活。他成了远近闻名的失败典型，连同他的父母。

也有人说，考大学不就是和过去的考状元一样吗，哪有那么容易呢？那时候分田到户已经实行了好几年了，各家各户的日子开始好过了。农民觉得日子都有了奔头，不少农户家里，不仅有余粮，也开始积攒钱了。只要肯在田里埋头干活，日子总是会越来越好的。

小于感觉自己已经断了出路，没有任何指望了，只能安心种地。

在决定下地干活的前一天，他把过去三年积攒的高考复习资料全扔进了灶膛里，一本又一本，塞得灶膛里满满的。灶火照亮了他的脸，红红的，忽闪着。他的眼泪悄悄地往下淌。他的脸很烫。看着灶膛里的大火吞食着那些书，雪白的纸张在火舌里迅速地卷曲，变黄，忽然变成一串火苗，然后又化为红亮的灰烬，再变成冷灰……他仿佛能听到书里的那些数字、英语字母、公式在尖叫，就像蚂蚁一样地在攀爬、挣扎，扭曲成一团。烧不透的地方他用木棍拨开，看它们更加猛烈地燃烧，腾起许多的火星。他下定决心了，这辈子要踏踏实实做农民，做一辈子农民，算是对自己高考失利的惩罚。他知道家里对他尽力了，他要怨恨的，只有自己。他不认为是运气问题，还是自己刻苦得不够。

他知道这样的耻辱要背负很久的，虽然村里人根本不会一直关注这事。最多也就是偶尔闲话罢了，很快就都会淡忘的。口水多了，没味道。家里也把注意力关注到为他说媳妇这事上了，毕竟男大当婚。他哥哥三年前就结婚了，有了孩子，分出去过了。现在，应该轮到他了。小于对这事一点信心也没有，他不相信会有哪个姑娘能看中他，既然他的坏名声传得这样响亮。

但很快还真就有了结果。

姑娘是邻村的，姓鲁，长得矮墩墩的，一张红红的圆脸，有点丹凤眼，读过小学。父母高兴得很，赶紧张罗着为他订亲，下彩礼。小于心里不情愿，但他有什么本钱去拒绝呢？在父母看来，能有姑娘不嫌弃他简直就是祖上积德了。姑娘长得结结实实的，将来娶进门，能生孩子能干活，还有什么不满足的？他已经失败成这样了，能说下媳妇，其实是为他过去的失利扳回了一城。

日子就像村里人家屋顶上升起的炊烟，袅袅升起，最后消失得无影无形。日复一日。如果所有的日子都像炊烟一样，也许小于不久就也会和鲁姑娘结婚成家。从他家屋顶的烟囱里，也会每天升起炊烟，弥漫在每个日子里。

小于并不知道他所处的这个社会其实是一列已经慢慢开动起来的火车。这是一辆老旧的绿皮车，虽然开动得缓慢，但是毕竟它是一列火车。

那年秋天，一个上午，小于到镇上的邮局寄信。

突然，他听到了街上一阵阵锣鼓喧天，走出来，看到了无数面的大小红旗在迎风飘扬。由远及近，有彩色的花车逶迤而来。这是什么日子？他恍然想起，这是十月一号。原来是镇上组织盛大的群众纪念活动，庆祝中华人民共和国成立三十五周年。

巡游的花车都是来自镇上的公家单位，似乎是每一家单位出动一辆花车，花车的前面都标着单位名称，什么供销社、粮食管理所、农业机械资料公司……花车队伍的前面是戴着红领巾的少先队员。每个人的脸上都涂了两块红胭脂，就像是寿糕上的喜红。巡游花车队伍的两边挤满了看热闹的人群，男女老少，兴高采烈。他忽然听到有谁好像在喊他的名字，他有些疑惑，四处张望寻找着声音，终于看到了对面人群里有个高个子在向他招手，是路老师。

路老师是个大高个,说话口音是南方化的。

"你现在就在家里吗?"路老师大声问他。

"是。"他有些不好意思,心里惭愧极了。

"有个小学校最近缺了个数学老师,你愿不愿意去代课?"路老师问。

他有些犹豫。

"我也是刚知道,刚才正巧看到你。你考虑一下。"路老师说。

"这是个机会。"路老师看着他的眼睛。

是啊,这是一个机会。谁说不是呢,这的确是一个机会,至少证明他在学校老师的心里还是相当不错的。路老师的大手有力而温暖,他在路老师的眼里看到了一种特别的关照。

"好,好的。"他说。

2

事情的改变有时是猝不及防的。

小于记得那天下午回家时,西天的晚霞特别绚烂。他一直等到游行结束,又跟着路老师去见了那个小学的校长,等把事情完全敲定了,已经是下午了。虽然只是临时代课,但小于心里还是高兴的。他知道这种代课的性质完全是临时的,它就像是罂粟里的生物碱。乍服是兴奋的,可是一旦成了瘾就是致命的。

晚上一家人坐在场院里,看着月光如水,多少有些恍惚。村里很静,在夜色里模糊得有些诡异。远远近近的庄稼地里,有秋虫在鸣叫，或高或低的。从大灌河那边吹来的风，有些腐朽的余温。这时的天气已经有些凉了，秋天已经在催熟了瓜熟果落后，余热渐失。他的父母心里多少有些忐忑，不知道这事对儿子意味着什么。天下怎么会有这样巧的事呢，刚为儿子说下一门亲事，儿子却突然去当了代课老师。要不要把这事对鲁姑娘说呢？他们心里矛盾极了。

"有她什么事？别说。"小于闷声说。

"代课只是临时的，哪天说回来就回来了。"他说。

父母觉得他这话是有道理的。小于却并不是因为这个顾虑才不愿意说，而是他真的觉得没有任何的必要。虽然他们已经订了婚，但他感觉和那个姑娘就像是两块冰凉干硬的面团，捏不到一起去。

前村小学就在三柳村的前面，也就是三四里路，小于每天去学校就靠步行。学校不大，只有几十个学生，连校长在内也就只有五个老师。原来的一个老师生病了，于是急需一个人来顶替。这样落榜后的小于，就成了一个很合适的人选。

小于去教小学数学。

初当老师，多少有些新鲜。像初吸大麻的感觉，云里雾里的，却兴致勃勃。至于难度，对他来说简直就像他数自己的指头一样。学生们很喧闹。但他喜欢喧闹。重要的是，他只要把方法教给他们就行了。也许是因为生疏，所以学生们对他是有些敬畏的。而因为敬畏，所以他在学生身上就收到了一种特别的效果。慢慢有学生喜欢上了他，每天都会陪他走一段路，有时甚至在半道里等着他，然后一起到学校里。

附近的人也都开始认识他了，知道他是个参加三次高考的落榜生。以他的能力教小学，自然要比别的老师强得多。对全乡大多数的小学来说，很多老师原来都只不过是一些初中生的水平。上了些年纪的，甚至只是初小文凭。

小于心里是平静的。本来就是临时的，他是有思想准备的。等病休的老师重新到岗，他重新回家是必然的。

他也希望留下来，但这是不可能的。

小于是喜欢当老师的。

他喜欢看着学生们认真听他讲课的样子，有两三个孩子很聪明，进步很快。他在他们幼稚的脸庞上看到了自己过去的样子。他也喜欢看他们下课时在操场上疯狂，尖叫。他喜欢在学生的作业本上留下自己红墨水的批改，喜欢粉笔在手指上留下的白粉。有时他甚至忘了自己只是一个代课老师。

最初的新鲜很快就消失了，之后的日子他就一直担心自己随时可能"下课"。时间越是向后延宕，他内心越有些焦虑。这焦虑虽然浅，却又无时不在。他害怕哪天突然会结束这样的代课生涯。有次去镇上时，无意间遇到了路老师。路老师对他的代课表现居然有所耳闻，说他教得不错。

"挺好的，好好教。既然做了，就做好。"路老师说。

路老师告诉他说，听说县里将来会招一批聘用制老师来充实乡村的教师队伍。一部分是在现有的代课教师里招录，另一部分是在落榜的高考生里选拔。这两种情况他都搭得上边，只是不知道这消息的真伪，也不知道它会出现在哪一天。但既然传说了，总归是有点影子的，万一成了真的呢？

小于不太相信。这听上去也太缥缈，虽然这样的暗示让小于小有心动。

但还没等小于做上这样的梦,就立即"下课"了。

那个病休的老师回来了。

小于虽然有些失落,但并不心痛。

"回来也好的,"父亲说,"代课虽然清闲,但也耽误事,毕竟不是个正经工作。"

"这些人乱使人呢,一点情分也没得。空耗了这大半年的,还不如在家里种地踏实。"妈妈挺生气的。她觉得这些公家单位和公家单位里的人都不太讲道理,想用人就用,不想用就撵走,这分明就是戏耍人。

"也不能这样说,虽然是个临时的,但也还是体面的事,人家那是看得起一心呢。"父亲说。

"明年和鲁家说说,把她娶过来。"妈妈说,"先把事办了,证以后再说。领不领的也不打紧,不妨着过日子。"

小于不吭声。对这事他真的一点兴趣也没有。

他是欠了父母的。

那天早晨,村里的两棵大槐树上的喜鹊叫得厉害。

"这黑鹊叫的,吵架样的。"母亲嘟囔着,她有点讨厌它们的叫声,"一大早的,这乱叫。"

到了中午的时候,村里的通讯员老罗来了,说镇上的中心小学给村里来过电话,想让小于去教书。

"好啊,这还挺出息的。"老罗说。

老罗是个瘸子。也正因为瘸,所以他在村里谋了一个通讯员的差事。人瘦得像个大烟鬼,但因为村部给他提供了一辆旧自行车,所以他在村里村外送个通知什么的,比别人可是跑得快多了。

小于不想去了。

"真的不去？"父亲倒有些犹豫了。不管怎么说，村里来人通知了那就是显示上面有人瞧得起他。虽然刚才不久从前村小学回来，可紧接着就是镇上通知了呀。能进镇上的中心小学去代课的，只怕是不太简单的，和前番大有不同。

"不去！"小于多少有些负气。

"再想想吧。"父亲说。

欲望之花都是在黑夜里盛开的。白天里于一心是很坚决的，可是到了晚上躺在床上细想，那看上去非常坚固的拒绝之墙，就像被大水浸泡日久的土堤，逐渐就被渗透，开始坍塌了……在内心里，他还是止不住有想要一份工作的渴望。可是，当天光渐亮，他又重新回到了白天的态度。就这样，他的思想在白天与黑夜之间，交替打架，难分胜负。感觉上似乎黑夜更强大一些，可是白天里他看着一切却更清楚一些。

赵委员的出现，打破了这种僵持局面。据说那天他正好到前村小学去视察，路过这里时就突然想起了这事。在村支书的陪同下，出现在于一心的家门口。

对所有的村民来说，赵委员是个大领导。

赵委员是个大高个子，梳着一个油光水亮的大背头。他有一张又白又胖的大脸，有点浅浅的麻子。也许因为架在鼻梁上的金边眼镜，所以讲话时声音里有一种鼻腔的共鸣。他是镇上的文教委员。对全乡的教师来说，他是最大的领导，所有的中小学校长都得听从他的调派。他掌握着所有的分配资源。

"中心小学缺人，小于愿不愿意去代课？"他问。

"这是多好的机会啊。肯定要去的。"村支书在边上兴高采烈地打着边鼓,就像是整个村子迎来了喜事。

父母高兴得都有点手足无措,他们怎么也没想到儿子会惊动来这么大的干部,还是村支书陪着来的,可见这事是极其重要的。既然公家这样重视,那他们还有什么不服从的呢?这是赏了天大的脸。给脸不能不要脸。村里谁家也没被赏过这样大的脸啊!

"好的,好的,谢呢,谢呢。"父母连连地应承着。

小于从地里被叫回时,腿上还裹着泥浆呢。他看到赵委员时,感觉不太自在。赵委员衣冠楚楚的,脚上的皮鞋锃亮,骑着的自行车也是崭新的,闪着黑亮。握了手,短短地说了几句,这就定下了。全家目送着他们的离去,心里是那样的感激。

"真是太好了,太好了。"父亲一连声地说。

"赵委员是个好人呢,为这事还亲自上门。"母亲显然高兴坏了。她恨不得马上就要告诉村里所有的人,儿子要去镇上教书了。

是的,赵委员必然是个好人,小于当时心里想。他不止是一个好人,还是他的恩人。既然赵委员亲自上门说这事,那么他以后成为长久的代课老师还是很有可能的。赵委员就是他的靠山。很明显,赵委员有意要提携他。当然,赵委员之所以愿意提携他,是因为前村小学于一心所带的那个班在全乡的期末统考里排名第三。

那是一个非常了不得的成绩。

于一心也没想到那帮孩子居然可以考得那样好,他更没想到在他后来的人生历程里要和赵委员一直打交道,而且结下了那么深的仇隙。

世事就是这样奇怪。

于一心真的就去镇上的中心小学教书了。

村里人觉得他这次的代课教师应该是可靠的,都还挺为他高兴的。虽说他没有考上大学,但要是一直当个小学老师也是不错的差事。小于自己也很享受这份职业。不管怎样,比种田强多了。每次他从家里出发去前村小学,都会路过鲁姑娘家的那个村子。有两次他看到她在田里远远地向他张望,心里有些异样。他在心里不知道把她摆在一个什么位置,他不能承认她是自己的"对象"。和她订亲,那不是他的本心。他有时不无悲凉地想:我以后难道真的要和她过一辈子?他一点也不喜欢她。他甚至没和她说过一句话。

她当然开始时也不喜欢他。

他记得订亲的那天,他去她家时,她甚至躲在屋里不见人。村里人都在说她嫁了一个没考上大学又没力气的书呆子,还是个近视眼。她觉得很丢人。她没想到他后来居然成了一个代课老师,而且听说这代课老师或许能长久地干下去,未来有一天转正也是可能的事。这让她心里一下燃起了小火苗,还越烧越旺。她的脸越发地红了,酡红。这时候她觉得她就应该主动地握牢他了,万万不能错过这样的狗屎运。对于农村姑娘来说,这样的狗屎运可能一千个人里才能有一个。

隔三岔五,她就像已经过门的媳妇那样来到小于家里勤快地忙碌着。小于有时回家看到她,就有些不悦。父母的老脸也有些挂不住,讪讪的。他们不能因为儿子现在做了代课教师,就要立即退掉这门亲事。毕竟代课教师和正式教师区别太大了,虽然说有可能转正,但谁能说得清呢?他们说不出反悔的话来,也找不到反悔的借口。

他们希望儿子有一天或许能委屈地接受。

他们知道儿子是委屈的，可是，哪个婚姻是完全对等的呢？他们信奉古话说的："一只馒头要搭一块糕，不然就要雷打火烧。"梁山伯与祝英台，郎才女貌，倒是般配的，可是他们的下场呢？委屈的婚姻才能过得久，靠得牢。

但是，儿子不是这样想的。

3

多少年后，他还时常会梦到镇中心小学。

镇中心小学当然是全乡最好的小学了，它还有一个附属幼儿园。小学在镇子的东侧，距离镇政府也就是几百米的距离。中间隔了一条小河，小河上有一座小桥。小木桥建得很别致，刷上的那些红漆现在已经斑驳了。在镇政府大院食堂的围墙后面有个小门，可以通过小桥，进入小学的操场。当初应该是有镇政府的干部家属和孩子需要走这样的捷径，后来大概不再有主要领导的小孩上学了，就被关闭了。

小于风里来雨里去，每天在自家村子和镇上中心学校中间来回奔波。这样过了有四个多月，他在学校里有了自己的一间宿舍。这是一个了不得的待遇。校长很器重他，关照他，虽然他只是一个代课老师。小于平时的课务也最多，几乎承担了学校高年级里一半的数学教学任务，此外还代了两个班的英语。这里的老师大多都是在镇上有家的。只有小于例外。有了宿舍，刮风下雨天气就不怕了，方便多了。在他的记忆里，中心小学一直笼罩在灰蒙蒙的烟雨里，粉墙黛瓦。晚间他在办公室里批改作业，透过窗户能看到大半个镇子，黑漆漆的一大片，万家灯火。有时西天上挂着半钩浅月，镇子就显得特别安静。

许多人都看到了他的努力。他自己心里最清楚，他只有通过努力教学，才可能延长自己做代课教师的生命。而也只有尽量地延长，他才有可能等到某个突然而至的机遇。这是他的唯一希望了。大家一致公认，小于的课是教得好的。他耐心等待着，希望有一天能转成正式的。王校长四十多岁，近视眼镜像瓶底似的。他安慰小于说，只要有机会，学校是一定会向赵委员争取的。赵委员的手里每年都会有一两个指标。当然，这个指标最终要通过教育局的批准。而以他的这种表现和能力，完全是可能的。

王校长说，他能从前村小学调到这里，就是自己向赵委员要来的。显然，王校长和赵委员的关系应该是不错的。王校长也暗示小于，在合适的时候最好主动找一下赵委员，谈谈自己的想法。

"这是一个态度问题。"校长说，"让他明白你的心思。"

小于心想：什么才是合适的机会呢？其实谁都知道他渴望什么，如果他提出来就一定能满足吗？如果不能转正，就这样一辈子代课教书，他也满足了。否则还能有什么办法呢？他喜欢教书，喜欢在全县统考时能有机会拿到名次。这样的荣誉感，让他感到特别满足。他收获到的满足，比别的老师要大得多。

那算不算是小于在整个青年时代最美好的日子呢？

星期天放假，学校里空荡荡的，有时小于也并不回去。他不回去，自然是为了躲避那门亲事。他希望这事能自然地冷掉。直到有一天，他父亲来学校，告诉他那门亲事已经破了。小于心里一阵轻松。他在他父亲的脸上,看到了尴尬。

亲事是父亲去回的。

小于后来才知道,父亲当时是多么狼狈难堪,几乎就被原本的亲家痛打了。他在逃离时,被那个村里的人浇了一身的粪水。粪水顺着他的头发淌了一脸,眼睛和嘴巴里也都是黄绿色的屎汤。粪水里杂物粘挂在他的脸上和身上,在他们的高声辱骂和哄堂大笑中,他就像一颗毒气弹,一路狂奔。

这也成了一个远近闻名的笑话。

小于当然是后来才知道的。他喜欢待在学校里,即使那门亲事已经结束了。他一个人占据了整个学校,感觉很特别。他喜欢在学校办公室的走廊里走来走去,大声唱歌。实在无聊时,他会看书,看报纸。学校里订了不少杂志,《人民文学》《收获》《十月》《大众电影》《歌曲》,如饥似渴,有时甚至把《少先队报》都翻一遍。阅读让他很充实,简直幸福得不行。高兴时,他就吹笛子打发时光。他的笛子吹得很好,笛声悠扬。他吹各种曲子,有时即兴,自己演绎。

"很不错嘛,好听,是什么?"

有一天也是周日,突然闯来一个女老师。不知道为什么她会突然来学校。虽然他们是认识的,可是私底下却并没有什么接触。

"啊,随便吹的。"

"不会吧?你自己编的,这么好听?"

他有些尴尬了,以为她在嘲讽。是的,他的确是即兴乱吹的。

"真的很好听,不错。"她笑着说,"你蛮有音乐细胞的。"

她姓俞,叫俞静。她是师范学校中文专业毕业的,分配来才不过一年多。俞静就是这镇上的人，父亲是粮管所的职工，母亲是普通家庭妇女。

俞静瘦瘦的，戴一副近视眼镜。她的那张年轻的脸，显得过于严肃。她不怎么爱笑，讲话的声音细细的。她原本是要被分配到镇上的中学，结果却是到了中心小学。

不知道是不是因为这笛，后来他们慢慢就有了一些接触。对于小于的情况，她应该是早有了解的。她佩服小于的教学能力。这是一种特别的天赋吗？自己是师专毕业，但教学就明显不如小于的好。她为小于过去的高考失败感到惋惜。如果小于考上了大学，又会是怎样的命运呢？

以小于的能力，她相信他其实是可以考上的，只是运气稍微差了那么一点点。运气这东西有时不好说。小于自己不太愿意再谈及高考，那失败的心理阴影面积实在是太大了，大到他不想再触碰。那是他的痛点。既然失败了，还有什么好谈的呢？他不感到自己有多委屈。尤其是最后一次只差了一分，为什么自己不可以再认真点呢？

小于那时候完全没有想到俞静开始对自己有了爱慕。

他们之间的悬殊太大了。

俞静并不是一个漂亮姑娘，但她作为一个大学生回到镇上，很受人关注。据说她刚报到那天，乡里派出所和税务局的三个小伙子就盯上了她。毕竟在这个镇上，像她这样的条件并不多，甚至可以说她是唯一的。小于后来见过派出所的那个小伙子，人高马大的，穿一身警服，很威风。

钱洁老师却认为俞静不应该在那些人里做出选择，而是应该在老师队伍里挑选。可是这个学校里除了于一心这个临时代课的，再没有别的未婚男教师了。一段时间熟悉后，钱洁有时总爱拿小于和俞静开玩笑，说他们可以成为一对。每当她这样打趣，小于心里就会有些戚戚然，而俞静却红了脸，黑眼睛发亮。看得出来，她不并反对钱洁的打趣。相反，她们俩反在打趣中越走越近了，成了看上去要好的同事。不止是同事，简直就是成了亲密的姐妹关系。

女人在这方面是不是特别的敏感？或者说，她们有第六感？钱洁老师很漂亮，算得上是全镇里最漂亮的女人，至少可以保守地说，她是镇上最有韵味的女人。她是个时髦女人，从头发到衣着，总是和县里的流行同步。她还是一个极爱干净的女人，永远把家里和自己收拾得很整齐。她个头不高，算得上是娇小。她的皮肤白皙。她的性格也讨喜，非常开朗，爱说爱笑。

她在学校里教音乐。

她是几年前随着丈夫才调到这里的。丈夫在中学里教英语。他们有一个漂亮调皮的小男孩，才五岁。

他们是非常幸福的一家子。表面上看，她的丈夫是个严肃的人，不爱说笑。他们是怎么走到一起的，也是蛮奇妙的搭配。小于喜欢钱洁，觉得她真是一个绝好的女人，不仅仅是因为她的时髦，还因为她那开朗的性格。他感觉她就像一盏灯泡，就算是黑夜里，只要有她在，都是充满了快乐的明亮。他毫无理由地相信俞静对他的好感，很大程度上是出自钱洁老师的鼓动。

小于对钱洁是心存感谢的。在她的眼里，她完全没有把他的身份当成一个问题。她是真正把他当成了她的同事，同行。

"小于老师这样的小伙子，真是不错。"她不止一次这样在学校里说。

小于那时不抽烟，不喝酒。虽然工资不高，但他每个月的工资领到手后都带回家交给父母。他工作努力，钱洁相信他将来一定会有一个很好的前程。也许她到底是小女人，思想比较单纯，他想。这也是他后来才意识到的。

　　她小女人的性格是谁都看得出来的，那么天真烂漫。所以，赵委员只要来学校视察，总是少不了要见见她。他们像是老熟人一样，说笑着。谁都看得出来，他喜欢她。只要在一定的范围里，异性男女互相有好感也是被人接受的。再说，赵委员是领导，她必须要尊敬的。他对她来说，就像是一个庞然大物。她对他来说，则像是一只掌上的小鸟。

　　这是一只百灵鸟，一只画眉鸟。

　　钱洁老师的性格是讨人喜欢的，因为她是个快乐的女人。她对每个人都很善良，友好。她的性格是天生的，但也可能和现实的家庭婚姻有关。她是一个幸福的女人。丈夫对她很好，儿子也聪明可爱。如果说一定要说有什么美中不足，那就是她只是民办的身份。有人说她丈夫之所以从县中调到这里的中学，主要就是为了解决她的身份问题。

　　那是小于第一次知道老师们在身份上的差异。从社会的大范围说，除了城镇户口与农村户口的差别，还有工人与干部的差异。老师队伍里也有公办和民办的区别。公办教师的身份是属于国家干部一类的。钱洁虽然也是正式教师，但她渴望成为公办编制。

　　谁渴望什么，什么就是这人的软肋。

　　赵委员肯定是看准了她的软肋，所以后来小于就听到了一些闲话。这样的闲话，他听得隐隐约约，相信也不止他一人听到，甚至别人听到的比他要更详细更深入。

小于在心里喜欢钱老师。她对他的吸引力,甚至要远大于俞静。在他的心里,钱洁是他所认识的女人里最最完美的。她像是有一种特殊的魔力,他总是不知不觉被其吸引。他喜欢看她在琴房里弹琴。

那是一架显得有些老旧的钢琴,据说还是好多年前镇上的造反派从县里抢来的。如果不是要演奏《红灯记》等革命样板戏里的钢琴协奏曲,"文革"中肯定早被砸烂了。也许整个镇里最值钱的,就是这架钢琴了。

钱洁坐在琴凳上,身体微微前倾,纤长的十指在显得有些呆板的黑白琴键上跳跃。美妙的音乐就在她的手指里流淌出来。

这是一种神奇的力量,妙不可言。阳光从玻璃窗照射进来,点亮了她一头浓密的黑发。她穿着一件圆领的碎花素色衬衫,一条黑色的喇叭裤。她的脖颈细长,非常漂亮。他能看得到她发际后面细小的汗毛。因为弯腰弹奏的缘故,她胸口的纽扣间有点开敞,他看到她露出一点乳沟。当她抬眼看到他的眼光时,他心慌了。

这是一个完美得不能再完美的女人,他想。

他不知道她弹的是什么,他也不认识她面对的琴谱上的那些符号。他知道那是五线谱,和他认识的简谱是完全不同的东西。

"刚才是车尔尼练习曲299号,"她笑着,"练手的。"

"真是好听,太厉害了。"小于说。

她轻松地又弹了一段:"这是巴赫的《加沃特舞曲》。"

"这完全看不懂。"小于说。

她翻了几页琴谱,手指在琴键上快速地跳动,弹奏出不同的音符:"这是《比尔的山羊》,只用左手弹。这是《飞蛾》,左右手交叉。这是跳音和颤音。这是断奏,《蜜蜂和苜蓿》。"

"啊,我要是识得这些谱子就好了。"

钱洁笑了:"这不难的,以后我教你。"

"说了可要算数啊。"他说。

小于希望这是真的,他真的想学。因为在他的眼里,她是那样完美和高贵。不仅是因为她的美丽,更是因为这音乐。

音乐使人高贵,不同凡响。

4

小于真的恋爱了。

是俞静采取了主动。她给他写了一封信,然后趁办公室里没有别人,老师们都去上课时,迅速地放在了他的桌上。她在他有些惊讶的目光里,羞红了脸,迅速地跑了出去。他心跳得厉害,感觉有异样的事情要发生。他是能明白的,这事来得有点意外和突然。他不免有些紧张,仿佛自己是个小偷一样。

悄悄地读完那写满了密密麻麻娟秀小字的三页信笺,他的脸就像喝醉了酒一样红。那是兴奋的红,激动的红。他怎么也没想到她会看上自己。这就意味着,他战胜了镇上别的那些公家单位的正式工作人员。他想大叫,他想唱歌,他想跳起来。但他不敢。他走到阳台上,外面阳光灿烂。他看到操场上许多孩子在奔跑,追逐打闹。他看到了俞静,穿着红色的外套领着几个六年级女生在跳绳。

多么甜蜜，多么的幸福！

有了她这样的坚定，他就敢往前走了。当他在许多学生的追逐中穿过整个操场来到俞静面前的时候，他看到俞静的脸是粉红的。她的额头有许多细小的汗珠。她停止了跳跃，立在那里一动也不动，而身边的几个女生则显得不知所措。

"我看了你的信。"他说。

她的眼神有些慌。

"你想说什么？"她的声音在颤抖，细小得像是蚊子在哼。

"这个星期天，我们去县里看电影吧。"他犹豫着说，有点不太自信。

她笑起来，露出一口雪白的牙齿。

"好！"

这种事情是瞒不住人的，它就像风一样地刮过小镇。很快，小镇上的人都知道俞静和小于谈恋爱了。这是明显不太般配的恋爱，一个是正式的大学毕业生，一个却是落榜的临时代课老师。他们不明白她为什么要做这样的选择。

俞静的父母是强烈反对的，当在家里劝说无效后，他们决定寻找组织的干预。他们直接来到了学校，找到了王校长，当面要求王校长阻止这件事。

"这事我不太好管的。"

王校长对这事并不是太了解。很明显，他对小于是有偏爱的。在他的眼里，小于老师是个很不错的青年。他有些为难，只能劝慰他们说，年轻人的道路是很长的，作为家长要把眼光放长远。而且，他作为校长，并不能干涉老师的个人感情选择。

"我女儿是你们学校的正式老师,你这样对俞静负责吗?"她的父亲真的气坏了,"你这是不负责任的推脱。"

"你这样的话,像是一个校长讲的吗?这么偏袒,一点也不负责任。要是你的女儿这样,你会允许吗?你要对她今后的人生负责。她不懂事,天真烂漫,缺少社会经验,不知道生活的艰难,你要批评她啊。我们父母的话,她现在鬼迷心窍是听不进去的。你是领导,你说的话她是会听的。"

"我总不能包办她的婚姻噻。"校长有些无奈地解释着。

"你要把于一心开除掉,这是教师队伍里的败类。"她妈妈撒起了泼。为了坚决反对这样的恋爱,她要以命相拼。她不能眼看着自己那么优秀的宝贝女儿,嫁给一个临时教师。他一个农村青年,如果一直不能改变身份,将来女儿就要跟着他受罪吃苦。不仅要向生产队里交公粮,万一有挖河之类的工程,难道女儿也要跟着他去担泥吗?许多乡村里的代课老师,一辈子不能改变身份的事也是有的,她不能眼睁睁看着女儿跳进火坑里。

"这怎么可能?"王校长耐心地说,"他除了身份性质有问题,他是一个很好的老师,教学认真,怎么能说他是败类呢?"

"他勾搭小姑娘,怎么不是败类呢?"

"一个未婚,一个未嫁。你要说他们不配,那是事实。但这事不能说是他主动勾引。"王校长说,"工作上的事,归我管,个人生活上的事,尤其是恋爱,又不是扯证结婚,我怎么好阻拦呢?"

"我要去找赵委员!我要去找赵委员。天下总有说理的地方。"

俞静父母的吵闹,惊动了整个校园。

吵成了一锅粥的时候,小于听到了,脑子里一片混乱。

好长时间,他不知道如何处理自己和俞静的关系。俞静每天早晨到学校来,眼睛都有些红肿。显然,她又哭了。她的脸很苍白。他有些心疼她。他在想要不要终止这样的关系。但他也了解她的脾气,如果她不主动提出,他是不能主动的。每个晚上,他都失眠,一个人躺在宿舍里的那张单人床上翻来覆去。那个宿舍也是学校的杂物贮存室,里面堆满了体育器材、书籍和杂七杂八的教学用具。他心里有许多话要对她说。他心里很矛盾。他很爱她,但又怕伤害了她。他的确没法保证自己能给她提供安全保障与幸福的未来。他知道许多话当面没法说出来,他就写信,可是却写了撕,撕了又写。每一句话都很重要,每一句话情真意切,但每一句话又都没写到点子上去,表达得远远不够内心的丰富。

这件事成了小镇上的大新闻。

小于很被动,他在这旋涡里不知所措。他甚至有些忧心这事最终会如何收场,他不想这事而影响他在这里的工作。他努力正常去上课,不再主动和俞静接近。他不想因为这件事闹得满城风雨。在别人眼时,他似乎成了一个想吃天鹅的癞蛤蟆,图谋攀高枝。他承认自己在身份上是配不上俞静的,但他认为自己在这件事的行为上并没有错。

他并不是主动去追求小俞的人。

可是,外人怎么知道他们这种关系的详情呢?他只能努力地回避和俞静的接触,可是俞静却有意地接近他。王校长是体察得到的。所以后来赵委员打电话来问这件事时,他是坚决站在小于这边说话的。而最迫切的是,他希望能有机会帮着小于转成正式的老师身份,民办的。这样,俞静父母那边的压力会不会就小了呢?

如果说这个风波是早有风声的，那么钱洁老师的事就完全是意外了。

小于是下课回到办公室，感觉到了一种特别的气氛。老师们一个个都不敢说笑，后来隐约就说谁谁谁正在医院抢救，大出血。

"你们说的是谁？"他心里觉得奇怪得很。

他们谁也不说话。

所有的老师都在的，只有钱老师不在。

钱老师是两天前到县里开会的。具体什么样的会议，校长似乎也不太清楚，好像是关于中小学德育工作的。按理说，这样的会议应该是教导主任出席，但因为她是学校里的音乐老师，工作比较轻松，有时只要不是特别重要的会议，校长也会安排她去参加。而出了这样的事，校长是要担责的。

好好的一个人，怎么会突然出事呢？她临走的那天还悄悄地对小于说："小于，你可不能退却啊。"

小于愣了一下。

"幸福是自己争取来的，"她说，"小俞承受的压力比你大。你放弃了，就是对她的背叛。又不是你主动，你为什么要躲避她呢？"

听到她这样的话，他的心像被烫了一下。

她是一个多么善良的女人啊，小于想。她不只是善良的，对他还是格外友好。她只要有空，就会教他弹琴。虽然他弹得很笨拙，指法不太好，但用她的话说，他是有灵性的，一点就通。他对音乐似乎有一种特别的领悟。他喜欢弹琴，只要一有空就会去弹。尤其是放学后的晚上，他一坐下就能连续弹好几个小时。

他很享受。

这是一种让人妒忌的才能。后来他几乎闭着眼睛就能把施特劳斯的《蓝色多瑙河》和贝多芬的《C小调第五交响曲》弹下来。

"你是个天才。"她真的惊奇极了。

"你应该学音乐的,"她说,"不学真是可惜了。要是小时就学,说不定是个演奏家呢。"

受到她这样的夸赞,小于心里真是特别高兴。他一个农民家的子弟,怎么可能学音乐呢?他只希望自己能做一个老师,不能成为正式的,哪怕永久地代课也好的。她这样好的一个女人,怎么就突然出事了呢?

接下来的消息让小于更加吃惊。

有人说,其实和她一起去县里开会的还有赵委员。没人知道他们俩之间发生了什么,总之她的大出血和他似乎是有一些模模糊糊的关系。赵委员当时也吓坏了,当即把她送进了县医院抢救。在医院的急救室外,他一直在抖,脑门上和脸颊上全是汗。那一刻,他显得特别油腻,狼狈,不断地向院长和医生哀求。抢救了一天多,才算稳定下来。对赵委员而言,最最重要的工作就是灭火。据说他在那几天里上上下下找了很多的领导,对医院里的领导也做了工作,力争把影响限制在一定的范围里。而教育局的领导自然也不希望这样的丑闻扩散到社会上面,太负面了。

于一心不敢相信这是真的。

但这就是真的。

"钱老师……为什么要在乎民办身份呢?"

有个晚上他在河边和俞静散步时,犹豫着,这样小心地问。河边长满了柳树,丝条垂到了水面上,一些小鱼在喋喋。河水有些发绿。这边很安静,因为小河的另一边就是镇政府的围墙。他们过去曾经不止一次在这个小河边散步。钱老师出事的消息传来后,他们是第一次重新见面。是她主动找他的。他相信她的父母对她的压力并没有放松。在她父母的心目中,不管是派出所的警察还是税务所的税务员,都要比小于的身份强得多。他们的女儿好不容易考上大学,全镇里也挑不出几个来,理应有更好的归宿。而小于只是一个代课老师,两者的悬殊太大。就算是小于有一天能转正,那又能怎样呢?

"总是公办的好啊,"她叹了口气,仿佛有点无奈的样子,"她要是公办,她的小孩子将来就是随她的,城市户口。"

小于不吭声了。

他知道俞静也在回避着什么,她在生怕触碰他的痛处。她知道他的痛处,但她却仍然愿意和他交流和接触。他知道她的心思。只要他们以后还继续着,小镇上的闲话就不会停止。他不想再给她压力。所以,他知道自己应该怎样停止住脚步。由钱洁的事情,他想自己怎么可以连累她呢?这是不现实的,也是太自私了。

"我们可能真的不合适。"他说。

"我不管。"她突然说。

他看到她眼里有泪花在闪烁。

5

钱老师没有再回到学校。

学校里当时除了校长，也许再没人知道他们一家全调走了。

小于的心里是失落的、惆怅的。

他有些憎恨赵委员。

赵委员在小于心里的形象一下就变得非常可憎。小于第一次感到社会的表层下会有那么复杂丑陋的东西。而赵委员还像没事人一样，还会时不时到中心小学来视察，传达上面的重要指示精神，一本正经地谈论许多大道理。出了那么大的事，他居然那样心安？至少，在表面上看不出他有多少惶恐。相反，他的衣着比过去更讲究了，头发梳得越发地油光水亮。也许，是心虚的掩饰？

小于也终于等来了机会，路老师过去说的县里要招聘老师的事居然是真的。王校长知道后，第一时间告诉了小于。

"要报名，太好了，这是一个非常难得的机会。"王校长高兴极了，就像自己的儿子要办喜事一样。竞争是明显的，全县只招五十名。但是他们相信这对小于来说，根本不是问题。当他在教办那里领到表格后，迅速让小于填写了，还特地写了很好的推荐意见，然后很郑重地盖上了学校的红色公章。

"你肯定没问题的。"王校长说，"有一条，考上了，还要继续留在我们学校，不许到别的地方去。"

"那是，那是。"小于激动地说。

小于很高兴。等了这么些年，终于等来了机会，多么不易啊。这时报考正是天时、地利、人和，样样俱全。王校长很为他高兴，因为如果他顺利通过考试，自己也就可以长期使用他了。

小于把这事也告诉了俞静，她笑了，又红了眼睛。

"你一定行的。"她说，为他加油。

"我会认真的。"

临去县里考试的前一个晚上，小于还在宿舍里看书。其实好多书他都已经翻看了好多遍，他相信难度不会超过高考。好多书是俞静提供给他的。这么多年了，高中时的课本她居然保存得还很好，不少地方有她娟秀的字迹。

必须考上的，他想。只有这样，他才能对得起她。他想到钱洁对他说过的话，说俞静比他的压力更大，牺牲更多。她说得对的。钱洁是一个那么美好的女性，怎么会做出那样的事？他相信一定是在姓赵的威逼下。他为她感到心痛。她的丈夫会原谅她吗？可是就算原谅她，她自己能放得下吗？不管她再调到哪个乡镇小学去，不名誉的污名会一直跟随着她。

他听到了走廊里有脚步声。

然后，他的门上响起了轻轻的三下叩击：笃——笃——笃——是俞静。

他们拥抱在了一起。

"会不会有人来？"他小心地问。

她的下巴搁在他的肩上，什么也不说，只是紧紧地搂住他。他感觉她的身体在轻轻地颤抖。他闻到她发际间的香味，听得到她的心跳。他们就那样站立着，抱着，谁也不松开。日光灯把房间照得很亮，镇流器发出细弱的叫声。整个楼上都很安静。所有的老师应该都回家了，也许只有后排平房里的江老师在。但那里住着江老师一家，也很少会上来。他们相处已经有两个多学期了，互不干扰。传达室的李师傅，更不会到楼上来。

她的脸很烫。

"你的脸怎么这样烫？"他有点吃惊。

"把灯关了。"她小声说。

黑暗里，他们的嘴唇碰到了一起。是她的唇主动寻找到了他的嘴唇，然后舌头寻找到了他的舌头。他觉得她嘴里有一股薄荷的清香。她的头发触碰在他的脸上，他感觉很痒。这是醉人的味道，弥漫的浓情在黑暗中像滚烫的巧克力一样稠厚，它们成了一条河，他们像是两个溺水者，紧紧地抱着。热烈的亲吻就像是开春后的田地受到了浇灌。这浇灌，甜进了他们的心里。心里要开出花来，从嘴里绽放，享受这宁静又温热的体外空气。

那个晚上，她在他的宿舍里待了很久。当他送她出来，走在校园外的那条小路上，连一个人影都没有。他们听得到不远处田野里有秋虫的鸣叫。没有路灯，很黑。道路两边的树林黑森森的。天上有密密麻麻的星星。小镇就在前面不远的路口。

"明天是个好天气。"她说。

"是呢。"

"太晚了，你要早点休息。"她说，"也许我今天晚上不该来，但我忍不住。我就是想见到你，天啦，我爱你。"

他也想说"我爱你"，但又咽了出去。毕竟这句话只在流行的外国小说和外国电影里，她说出来，是因为她在城里读过大学。但他不是。

"好的,你也早点回家休息。"他说。

6

县城里很热闹。虽然建筑很破旧,但是人多,熙来攘往。对于县城,于一心已经很熟悉了。县城不大。车站所在的位置,差不多就是县城的中心位置,或许是偏左一点。考场也是熟悉的,和他第二次高考时的考点是一样的,在县二中。县二中距离汽车站不过是三百多米的距离。

考试分两场,第一天下午是语文和政治,第二天数学和地理。来参加考试的人数不少,凭着准考证号进入二中的考场时,乌泱泱的人流。对许多农村青年来说,这是一次很重要的机会,也许它的重要性只比高考差一些。它没有高考那样难,可同样能改变命运。这是一次很好的机会。

于一心是在第五考场。

让他想不到的是走进教室时,感觉监考的青年男老师仿佛有点面熟。那个老师看到他,还微微地点了下头,向他笑了下。那时他来不及多想,赶紧找到位置坐下。坐下后才发现监考的老师姓袁,是他高中时的同学。

袁同学的成绩当时比他好,强在英语上。于一心的英语不行。他俩当时在班上是前五。有时他的成绩会超过袁同学,有时袁同学又会超过他。他俩是学习上的竞争关系。但袁同学当年参加高考就顺利地考进了师范学院，学的是历史。想不到他已经毕业正式参加工作了，按年头算也的确是工作两三年了。而且，他还成了监考自己的老师。人和人的差距真是大，于一心想。

这样一想，让小于心里有些吃紧。好在试卷难度不大，难点主要是在古文翻译上，另外还有一篇作文，《我的理想》。小于答题很快。袁同学在考试中间还有意走到了他的考桌前，停留了一下。当小于礼貌地抬起头看他时，袁老师则赞许地点点头，随即又离开了。

晚上住在县教育局的招待所里，在食堂吃晚饭，一碗稀饭，两只包子，一碟咸菜，一共一块二毛钱。比外面的要贵，他想。但这也是没办法的事，这是教育局的招待所，官办的。吃了晚饭，回到了房间。那是一个不大的房间，里面却有六张床位，铁架子的高低铺。他在上铺。爬上爬下时，床架摇晃，吱吱作响。住在里面的，都是从底下乡镇小学来的。他们都是满怀着希望。但他们都不熟悉，所以也不愿意讲话交流。只有一个小个子的男生和另一个矮胖男生，在呱呱地说个不停。他俩是同学，却在不同的学校里代课。从他们的交谈里，小于知道那个矮胖的男生有个叔叔是在县教育局里。

小于觉得有些无聊，在公共盥洗室那里打了水，洗了脸，洗了脚，正准备睡觉，听到楼下有人叫。

"于一心——于一心——"

他探出身子，向楼下一看，是笑吟吟的袁同学。他赶紧向下摆摆手，然后匆匆地下楼。袁同学有点夸张地向他做了一个拥抱的姿势，大声说："想不到是你啊。"

小于有点惭愧，说："你真好，都工作了。听说你在县中，教历史吗?"

"教语文。"

袁同学请于一心看电影。县城就这么大,也还没有像大城市那样开放有舞厅、咖啡厅什么的。唯一的娱乐也许就是看电影了。电影院就在桥南街,离教育局招待所只有一街之隔。于一心要掏钱买票,袁同学拦住他说:"怎么能让你买票呢,必须是我请。"

买了票,电影离开映还早,两人就站在院前的路上聊天。周围来看电影的人也多,大多是县城里的青年男女,各种嘈杂声很大。他们聊得很热烈,仿佛有一肚子的话要说。袁同学说,现在他被借调在县教育局,也许不久的将来就会正式调进局里。这让小于羡慕不已。不消说,袁同学也已经有了对象,再过半年就要结婚。对象在县税务局工作。而准岳父是在县委办工作,具体是怎样的领导,他却没有说。能在县委办工作的,肯定都是大领导。

"你很可惜,怎么只差了一分呢。"他对小于说,"多一分你就不一样了。"

小于唯唯。

"这次没问题的,难度不大。"他说,"这样在镇里的中心小学做个老师也不错的。"

"也不一定的。"小于说,他知道必须谦虚。

"放心吧。一定没问题的。"

小于笑起来,对袁同学说:"那倒真是好,我要是考上了,以后你就是我的靠山了。你是局领导,可不能忘了关照我这个老同学。"

"哪里的话,怎么可能呢,一定的。"

他俩说着都哈哈笑起来。

夜色在这个小县城的电影院门前显得有些艳丽起来，电影院的门廊前虽然还画着五角星和三面红旗的图案，围墙上也还能隐约看到褪色的"将无产阶级文化大革命进行到底"的字样，但胜利电影院那几个字却是霓虹彩灯并成的，显出与别处的不同。

这是一个全新的时代，大幕已经拉开。他们是年轻的。年轻人拥有着年轻的时代。虽然他们都还是小人物，虽然他们也完全意识不到将来，但他们是快乐的，充满希望的。袁同学掏了一包555牌香烟，请小于抽。他告诉小于，这是美国烟。小于知道这烟很俏，很流行。他抽了一口，立即呛得咳嗽起来。

于一心看到离他们不远的地方，也站着几个年轻姑娘，听到他们的说笑声，有人就向他们张望。很快，她们那里也嬉笑打闹起来，他听到有个声音在尖叫："小贾你干什么啊，天啦，要死啦。"

他看到有两个姑娘在嬉闹，好像是其中一个姑娘怪另一个把一瓶可口可乐洒到了身上。于一心是第一次看到可口可乐居然像外国电影里的香槟酒那样，在开启时喷出那么多的泡沫来。于一心没有喝过可口可乐。镇上还没有，只有县城里偶尔才会有，也是很稀罕的。据说一点也不好喝，味道怪怪的。于一心是尝过巧克力和咖啡的，都是俞静让他尝的。都是美国货，俞静很喜欢。他尝了一口就不愿意吃了，相当难吃。咖啡还好，而巧克力的味道是那样怪，远不如大白兔奶糖。

她们是时髦的，或许和他的口味是不一样的。他注意到其中一个姑娘在打闹中还不忘向他这里多看了他两眼。那姑娘上身是一件黑色的夹克，下身是一条喇叭裤。

她是时髦的，特别青春。

第二章

（1987年春一）

1

整个社会一派欣欣向荣的景象。

与欣欣向荣社会风气相反的，是小于。

年轻的小于被学校辞退了，他的心情是冰凉的、绝望的。虽然是春天，阳气上升，大地回暖，可是他却感觉像陷在了冰天雪地之中。不，是掉进了冰河的冰窟窿里。周围没有一个人可以帮他，拉他一把。

那年春天的风特别大，小于记得自己当时骑着自行车回家，几乎蹬不动。风太大了，他逆风而行。风大得像要把他吹得飘起来了。他面对的几乎是一面无形的墙，让他无法穿越。他得拼尽全身力气，努力地向前拱。他驮着两只箱子和一床棉被，像一头反推着粪球的屎壳郎，非常吃力。

大灌河像一条灰白的玉带，穿过这个广阔的苏北大平原腹地。道路两旁长着整齐的白杨，大风里树叶猛烈地摇摆，色彩变幻。田野里长满了绿色的庄稼，一望无际。远远近近地都有人在田里忙碌。

这是一年里最为忙碌的季节。

远看着忙碌的农民，倒是闲适的。他们心静如水。他们很踏实地生活，忠于农事。他们和土地的关系是那样紧密，互相依赖。而他则像是一个浪子，对土地没有半点的感情。他那么努力，却又一次失败了，而且失败得那样彻底。

这一次失败，意味着他以后将不会再有任何的机会了，他想。

他现在有点羡慕那些忙碌又闲适的农民。他们在麦苗和油菜上泼洒的粪水在空气里散发着的臭味都有一种原始的乡村亲切，让他感觉命中的归宿感越发可靠和强烈。他内心里现在非常虚弱，需要所有的暗示和明确的命运指令。

归宿的意义对他变得迫切又重要。

年轻的小于被学校辞退了，他得屈辱地重新回到村里当农民。几年的代课生涯，他已经不再是一个农村小伙子的打扮了。他面皮白皙，头发乌黑水亮，衣着整洁，鼻梁上还架了一副近视眼镜。风大，吹得他眼泪和鼻涕都流了出来。他一时不知道如何面对今后的生活，如何面对父母和村庄里的所有乡亲。但他没有任何选择的余地。所有的屈辱，自己必须扛着。他去县城找过袁同学，说明了自己的情况。袁同学也只是咂嘴，皱眉，却毫无办法。袁同学甚至都没有说出多少安慰他的话。

于一心参加了县里的招考，而且成绩很好。据袁同学说，他的成绩是前十名。语文100分卷，他考了87分，如果说作文一般情况下不会满分，他的基础知识和古汉语就是全部正确。数学120分，他考了113，肯定也是很高的分数。政治100，他考了90，不算太优秀。地理80，他考了62，也还凑合。不管怎么说，他的总分是极为出色的。按他的条件是肯定会被录用的，没有任何争议。王校长看到这个分数后，也很高兴，连连恭喜他。学校里所有的同事，都笑着祝贺他，把他当成即将成为正式的同事来看待。

尤其是俞静，那几天真的好兴奋，像是她自己当年考上大学一样。她很高兴自己没有看走眼，最关键的是她觉得顶住了压力，终于有了一个好结果，可以更加坦然地面对父母的阻碍了。那天中午两人一起逛了小镇的街道，并肩，手拉手，亲热地说笑。他们从小石坝那边，一直走到小街的最南端。俞静提出逛街的理由是，她要买一瓶洗发水和一条漂亮的丝巾。他们从第一家私人开的小百货逛起，一直逛到了税务所对面的供销社，看了一家又一家。她笑嘻嘻地和每个熟悉或似曾相识的人打招呼。他们路过了农机修理厂、变电所、计划生育办公室、镇中心医院、汽车站……她像只快乐的小鸟在他身边蹦蹦跳跳，叽叽喳喳。于一心甚至有点不耐烦，如果说她挑不中丝巾，洗发水总是一样的呀，她也挑不中。当他们把整条街都走完了，手里却还是什么也没买。他有点失望，她却挽着他的臂，说："我们再回到供销社好了，那里的东西质量总是好的。"

她其实是要炫耀。

在供销社里，熟悉的人继续和她打着招呼，问她到底看中了啥。她笑嘻嘻地拉着他来到了男鞋的柜台前，要求店员帮她拿一双41码的男鞋。他有些诧异。店员都看出来了，她是在为他买。柜台里可选的品牌和式样不多，她挑了一双最贵的，漆皮，锃亮。脚尖部分的漆皮能照见他的面容。那双皮鞋的价格，几乎是他一个月的工资了。就在他还不明就里时，她把那双鞋装塞在了他的手里，快活地告诉店员说："于一心考上县招了，祝贺他一下。"

这是在向全镇的人宣示了。

小于的父母也高兴坏了，终于如愿了，多么不易啊。虽然说没能考上大学，但在乡下当一个老师，也是非常好了，比当一个种地的农民要强。村里人知道了，也都为他高兴。大家都看到了他的努力，这么些年不容易。在心理上，他们都需要一个努力付出后得到回报的现实满足感。在他的身上，实现的是众人在生活里的安慰。

小于怎么也没想到，这只是一个美丽的肥皂泡。它是那样美丽，色彩绚丽，在阳光下飞舞，变幻。可是，只是一瞬间，它就破灭了。

它炸了，炸得很响。

2

谁都知道小于被辞退的真实原因，却不能摆出来说。

小于得罪了赵委员。

这个错误是致命的，是小于一开始并没有意识到的。他毕竟是年轻的。而且，他没有在这件事情上向俞静坦白。他并不是有意要隐瞒她，只是觉得真的没有必要让她知道。

就在他参加县教育局组织的考试回来的那天下午，他在朝阳街上意外地遇到了刘兵。刘兵是中心小学的体育老师。平时在学校里他们接触得并不多。两人见到了有点意外。他问刘兵来县里有什么公干。刘兵看着他，沉吟了一下，说："我要告赵广贵。"

赵广贵就是镇里的文教委员。

小于吃了一惊。

"我看你还是一个很正直的人，所以我也不想瞒你。"刘兵说，"他太坏了，我必须揭发他。他不配做这个职位。"

刘兵告诉小于，姓赵的其实祸害的不止是钱洁一个人了，关于他的传闻相当多，过去只是没造成什么恶劣影响罢了。刘兵说赵广贵简直就是一个流氓，表面上道貌岸然，其实一肚子男盗女娼。他对全乡的教师队伍握有调动和提拔的权力，而最大的资源在于民转公的操作。吃拿卡要的根本不算啥，尤其是有求于他的年轻女老师，不对他示好，他就会有意给小鞋穿。而且，"他是一只老狐狸"。

"他一般不会找年轻未婚的麻烦，但是长得有姿色的已婚女老师，他的吃相让人发指。"刘兵说，"他对钱洁做的事，就是像只畜生。"

"钱洁老师那么好的一个人，被他害惨了。"

小于心里有同感。有一段日子，他和俞静经常说起这事，俞静也挺伤心的。她是了解钱洁的。她认为钱洁并不是一个水性杨花的女人，她爱自己的丈夫，爱孩子。她很看重家庭。钱洁出了那样的事，一定是背负了很大的压力。而不管是什么样的理由，她总是错了。而这一错就是错一生。

"我征集了许多老师的签名，有我们学校的，也有外校的。你愿不愿意签？"刘兵问。

"签！"

小于没有想到这样的签名会影响到他后面的前途。是的，他当时根本就没有多考虑。如果想到了这一层，他会退缩吗？他不知道。

许多日子过去了，赵广贵一点事也没有。每天他正常进出镇政府大院，和每个人打招呼，气定神闲。没有任何对他不利的风声。大家在心里都知道，有许多老师联名向教育局写信告状。大家相信教育局一定会对他进行处分。镇党委书记对他也是不满的。大家相信他早晚是要倒霉的，可是这样的处分结果却迟迟没有来。

没有来的不止是赵广贵被处分的消息，直接关系到小于考试通过的通知也没有来。大家都知道小于的成绩非常好，凡是过了录取线的都被正式录为合同制教师了，但于一心却没有。于一心超过了录取线57分。这是一个了不得的成绩，但他就是没通过。没通过的原因据说是现实表现审核不合格。王校长特别为他惋惜，具体原因却一个字都不说。他很为难。他只觉得小于太年轻了，还是不懂事。幼稚，不成熟。

"唉，你怎么能签字呢？你怎么能签字呢？"王校长不断地叹着气。

王校长对刘兵很有看法，他觉得刘兵这样是害了小于。

一个人在成长过程里，必须经历一些磨难，吃一些苦头，才能成熟起来。但有些苦头是可以吃的，有些苦头是吃不起的。事关前途命运的事，一点错误都不能犯了。但这话他已经说不出来了，说了也没用。招考这事，是小于改变命运的唯一机会。

但他因为自己的"错误"，错过了。

小于以为他找到袁同学或许能解决这事，可是袁同学显然解决不了。"事情很复杂的，"他说，"有些东西我也不太了解。太复杂了，太复杂了。你太鲁莽了。"

村里人后来也都知道了，小于被辞退的原因并不是他教书教得不好，而是他触犯了赵委员。你一个小小的代课老师，怎么可以和赵委员这样的人顶着干呢？赵委员在镇上工作了那么久，在县里也有很广泛的人脉。你这不是鸡蛋往石头上碰吗？太自不量力了！自己毁了自己的美好前程。

父母什么也没说。儿子长了，应该懂事了。而且他是高中生，还做了这么些年的代课老师，他懂的比他们要多得多。他是见过场面的人，是在公家单位里干过的人，他们在他面前能说出多少大道理呢？就算是可以说，任说多少也无法减轻他们内心的失落与悲凉。这次打击对他们而言，比前几次高考要大得多。他们更担心他会想不开，万一有个三长两短的。

哥哥的脸上有点挂不住，他觉得于一心怎么把书读进了狗肚里去了。姓赵的玩女人，和他于一心有关系吗？狗屁关系也没有。他这是狗逮耗子——多管闲事。盐卤里洗澡——闲（咸）得蛋疼。迎风扬粪汤——自泼一身屎。

"他就是个糊涂蛋，这么些年的书白读了。"哥哥很感慨。与他相比，村里的男人都很踏实，没谁像他这样浮气的。

"现在这样他能做什么？书嘛，教不成；地里的活，也干不起。"嫂子更是气愤。她不久前还对村里人炫耀，说他考试通过了，很快就要成为正式的教师了，还要娶一个干部家的女儿，也是教师。多么体面啊，很长脸。可是，一转眼他就打了她一个大耳光子。这一耳光打的，火辣辣地烫。

小于在心里有懊恼，但他不后悔。他坚持认为自己参加签名是对的。如果一个人没了正义感，那读书有什么用？读书只是为了找个好工作，为了吃饭？听上去似乎有道理，人活一辈子，就是为了吃饭，但也肯定不全对。人读书不仅仅是为了吃饭。吃饭并不需要读书。天地间，一定是有公理的。

俞静一定比他更早知道他要被辞退的消息。所以，他那天突然被叫到校长室时，在走廊里遇上她，她居然冷着脸没有和他说话。人是很无情的，他想。但是他不怪她。她生气是有理由的。他没有向她道别，一个人回到宿舍，迅速地收拾着行李。行李其实很简单，没有多少东西。刘兵在校长室里找王校长吵了，把校长办公桌上的玻璃台板都砸了。王校长没有反应，只是听凭他发泄。在他这间办公室里，已经发生过不止一次砸骂事件了。赵委员也来过，和他激烈争吵过。他们只是关着门的。赵广贵最后威胁说，如果他执意要和自己顶着干，他这校长就不要当了。

王校长在最后一刻，失去了坚持。

刘兵也许是砸无可砸了，就来到了走廊上大骂，声音很大。他骂赵广贵，也骂了王校长。于一心听到了，觉得刘兵骂王校长是不对的。当年如果不是王校长看中他，他就不会从前村小学调到这里来。为了调他，王校长还欠了姓赵的情。

陆陆续续来了好几个老师，对于一心做最后的送别。毕竟同事了一场，好几个学期了。他们看着于一心收拾着行李，只是在心里叹着气，什么话也说不出。他们都知道，安慰是不能解决问题的，一切话都显得那样多余。这事要怪就怪刘兵了，他们觉得他不应该把小于拉进来。但这种事谁能考虑得非常周详呢？而且，大家都满心以为姓赵的一定会倒霉的，结果却是把小于害了。别的联名老师都是正式的，姓赵的一时还无法报复。他通过惩罚小于，达到阻吓其他人的目的。

只有俞静没出现。

大家都能理解，甚至也多少有些同情她。

刘兵一直把小于送出了校门，他还要坚持送一段，说要陪于一心走过这条街。"别了，刘老师，你回吧。"小于说。"我要送你的。"刘兵坚持说。"别送了，风怪大的，赶紧回吧。"小于说。"不，兄弟，我一定要好好送送你。"刘兵非常坚持。

"你回吧，真的回吧。"小于几乎是央求他了。他不想这样走着，让镇上的人看到他的失败。他想逃离，一秒钟能消失才好。他有些生刘兵的气了。他不是气刘兵拉他签名，是气刘兵这样地执意地送他——这是毫无意义的行为，毫无意义的情义。他心里难受极了。他想哭，但他必须忍着。他不能哭。他不想让任何人看到他的笑话。镇子上看上去和往日一样，有点嘈杂。除了偶尔有汽车驶过，更多的是拖拉机突突突地响着，由远及近，再由近及远……那声音刚刚消失，另一个声音又接替它响起……镇政府大院里的高音喇叭突然播送着什么通知，不是广播员的声音，而是镇长的公鸭嗓子。因为风大，所以听起来断断续续的，听不真切。小于骑上车子，不再理刘兵。但风太大，他蹬不动啊。他的心里在滴血。他不管刘兵了。刘兵坚持在他的后面走。小于不想再回头看他。路过电影院门前，看到墙上张贴着电影海报《人生》。高加林，刘巧珍。海报被日晒雨淋的，早已经褪色了，一角被风卷起来，撕出了一长条，在风里扭动着，挣扎着。

小于的眼睛湿了。

这部电影他和俞静在县里的电影院看过。他流泪了。俞静还和他开了玩笑，问他是不是高加林。他当然不是高加林。但他现在的遭遇却多少有些像，算不算一语成谶？

他又途经了高考失败后那天钻过的那片玉米地。

地里光秃秃的,什么也没有。边上的那些田块倒是长了麦苗。多么奇怪啊,他想。对农民来说,哪怕是半分地,在心里都是像黄金一样重要,怎么就抛荒了呢?裸露的泥土灰白干冷。

他无处可藏。

3

小于在村里是待不下去了,他觉得周围全是眼睛在盯着他。满天满地满世界,别无他物,全是眼睛。那些无数只眼睛分布在他的周围,各种各样的眼睛。他分不清哪些是人眼,哪些是猪眼,哪些是狗眼,哪些是狼眼……那里面有善良的,同情的,更多的是冷眼,白眼,是嘲笑,是幸灾乐祸。白天里他是看不到那些眼睛的,但他知道有,就像是物理世界里的暗物质一样地真实存在着。而到了晚上,它们全从黑暗里浮现出来了。它们从四面八方挤压过来,挤在他的床上,挤在他的面前,挤得他连翻身的空间都没有。

碍手碍脚。

有些人还会在黑暗里走到他的面前来,对他指指点点,如魑魅魍魉样地交头接耳,窃窃私语。他们在嘲笑,在算计……有一天他看到了鲁姑娘,她和另一个姑娘骑着自行车从他们村前面的那条路上经过。他当时正帮着父母把地里的一担红薯挑回来,步伐有点踉跄。看到她们欢快地骑着车,他却无法回避。他只能低着头。她们显然也认出了他,有意发出轻快的笑声。他的脸红了,红得像被泼了一脸的狗血。

村里人对他是有看法的。他们觉得他不应该那样做。赵委员明明是对他有恩嘛！那年特地从镇上骑车来找人，安排他的工作。他怎么可以恩将仇报呢？真是太不识抬举了。多么愚蠢的行为。这说明小于的人品有问题。这么多年的书，是怎么念的？白念了！

小于不指望村里人能理解他，甚至他的父母都不能理解他。他们都认为他不应该这样做。他们是埋怨他的。多管闲事，把好好的一份工作弄丢了。关键这闲事中的人，还是一个有恩于他的人。

但小于不能确定赵委员是不是真的对他有恩。是的，发现他，并把他调去中心小学的其实还是王校长。而且他和钱老师这样的事，是大恶与小善的问题。他不能因为姓赵的对自己有小善，就可以原谅他的大恶。不，他不后悔，他在心里对自己说。他不后悔联名揭发了姓赵的，他也不后悔解除了和鲁姑娘的婚约。

但自尊的大火每天都烧烤着他，简直要把他烧成了炭人。

他不敢到镇上去。他害怕遇见熟人，遇见过去的同事。他害怕看到镇政府大门口熟悉的牌子，害怕听到中心学校那里传到小街上的上课或放学时的铃声。他甚至害怕看到那些蜂拥着快乐地奔跑、尖叫着的孩子。他曾经是那样喜欢他们。

他害怕突然遇见俞静。

但农村里的杂事多，和镇上的往来是少不了的。大到农药、化肥，小到一粒盐，都得去镇上买。每次因为家里需要什么日用品或是卖粮什么的，他都得去。去一趟镇上，对他而言就是去一趟地狱。地狱里是滚烫的岩浆，是通红的大火。他不喜欢去镇上，总是找各种理由往后延宕，哪怕多拖一天对他都像是捞着了一根救命稻草。他知道自己是虚荣的,面皮薄。虚荣和自尊本质上有什么区别呢?在他这样的年纪,虚荣又有什么错呢?可是,他越是不愿意去镇里,父亲却越是要求他去办,好像在有意为难他。有一次父亲都怒吼他了,甚至手里操起了铁锹,要砸他。

三次高考失利,他父亲都没有这样对待过他。

那一刻,父亲在心里要恨死他了。

他相信他父亲是故意在整他,报复他,惩罚他。是的,因为他高考三次都失败了,好不容易有机会当上了代课教师,又失败了。所以,父亲这是在惩罚他。父亲要毁掉他,毁掉他所有的尊严。一个人没了尊严,才算是真正彻底的毁灭。

小于的心里恨他父亲。

面对所有人他都可以羞愧,但唯一面对赵广贵可以不羞愧,他想。虽然,他被赵广贵这一招报复得很惨。这是很毒辣的一招,打在了自己的七寸上。

他的所有前途,完全被毁灭了。

他看到过赵广贵。赵广贵和几个干部模样的人走在街上,谈笑风生。小于不认识那几个干部,应该并不是本镇上的,或许是从县里来的。赵广贵因为说了某句好笑的话,或者是听到了什么好笑的话,正在仰脸大笑。他的笑声显得格外夸张。显然,他已经完全摆脱了过去那件事对他的负面影响。他甚至是得意的,因为经历了那样的事情后他几乎是毫发无损的。

赵广贵看到了他,像是特地停顿了一下。小于没有回避,也没有羞愧。他直直地沿着原来的方向走着,还有意识地挺直了胸膛。他没有错,不必躲闪。他是签名了,很坦然。他就是要签名,如果再有一次机会，他还要签，他想。赵广贵可以整他，把他打趴在地，但他是无愧的。黑与白是分明的，善与恶是分明的。赵广贵尽可以嘲笑他的下场，但他是不服的。任何坏人，可能逞凶一时，但不可以逞凶一辈子。

坏人，将来一定是要受到报应的！他想。

4

村里出了大事，玉卿嫂死了。

事情其实是很简单的，玉卿嫂和周家的田是临界的，据说周家每年都喜欢把那个田埂悄悄地往玉卿嫂家这边移一点，慢慢蚕食。周家的男人和女人都是特别爱占小便宜的人，村里人都是知道的。两家过去一直就为这事吵过。但那天冲突升级了，双方动了手。周家夫妻两人都动手了，打了刘玉卿。刘玉卿的男人老实，没有动手。最后架是被村里人拉开的。

刘玉卿回到家里就喝了农药。等发现时，村里人赶紧七手八脚送到镇上的卫生院，却已经死透了。

小于的心里不舒服。

玉卿嫂是个活泼的女人，快人快语的，她有着让人妒忌的胸脯和很丰腴的屁股。他知道村里人对她是有闲话的。但她对他是亲热的。小于记得回来的那年，有天在玉米田里干活，她路过了，两人就聊了一会儿。她安慰他，说回来种地也挺好的，过普通的日子。她不觉得他的书是白读。"还是有文化好，"她说，"我家那人没个文化，笨得像头猪一样。那日子过得才是没滋味的。"

"我就是识字少。"她哀叹着，"我要识字多，就不会这样苦。"

玉米地里没有风，闷热。他们坐在有些潮湿的地上，空气里有一股暖热的土腥味。只要他们不说话，四下里就静得像坐在一只空瓶子里。她的脸红红的，一双眼睛又黑又圆。他闻到了她身上的汗味，看到了她衬衫前鼓起的胸脯。她的手放在了他的腿上。他有些羞愧，感觉裤裆部位有些异样。他想调整自己的坐姿，可是当眼睛撞上她的目光时，发现她似乎明白了他的异常。她的整个身体向他靠过来，那只手就放在了隆起的地方……

"你啥也不懂呢。"她的眼睛是放肆的，挑衅的。

"嫂子教你。"她亲着他的脸。

她的叹息声对他的耳边吹过，让他整个身体都是酥痒的。他战栗了。他羞愧得很，他意识到她的手脏了。她的眼睛火辣辣的，眼睛在笑。她解开她的衬衫，摁下他的头，让他吮吸着她的乳房。她的乳房是那样硕大。他的嘴唇吸着她像草莓一样的奶头，有些咸，又有些甜。

小于对她一直怀有一种复杂的情绪。自那以后，他们就很难见面，尤其是他当了代课教师以后。她对他是好的。想不到这样一个女人，居然为了这事寻了短见。

村里人唏嘘得很。除了她的娘家人，村里人没谁是真伤心的。他们最多只是可惜。她才三十来岁，女儿也才六岁。而她的娘家似乎没有什么亲人，只有一个患有残疾的哥哥，也没来。而周家则和玉卿嫂的男人达成了协议，赔了一千块钱了事。一千块钱抵得上他们一年的收入，可这毕竟是一条人命啊！

她安葬那天，小于没去送行。他不敢去看，生怕自己会失态。他只在家里远远地看着那支披着白纱的队伍渐行渐远，泪水潸然而下。

他在心里第一次意识到乡村之恶。

是的，镇上有镇上的恶，而乡村也有乡村的恶。这乡村，似乎和他过去感受的乡村不一样。他是在这里长大的，一直还挺习惯这里的。这突然生出的恶事，让他心里发凉。

"只是一寸地界的事，就这样闹出了一条人命。唉——"

父亲的眼睛也有些红。

那个晚上，父亲和小于喝起了酒。

大半瓶，高粱酒，也不知道是什么时候剩的。酒到了嘴里，寡淡得很。这是他们父子俩第一次喝酒。

村子里静得很，偶尔会有谁家的狗叫唤两声。

母亲睡下了。原来她的身体好好的，没有什么毛病。可是这半年来，时常犯晕病。胸闷，恶心。因为这些症状，腿脚也变得不好了。她的头发白了许多，脚面浮肿。用手指一摁，就是一个灰白色的坑，半天也不恢复。

"听说前村的陈三，回来了。是你的初中同学吧？这家里的地就搁下了。唉。"父亲扯着闲。

"嗯。"

小于还记得陈三的样子，瘦瘦的，小眼睛。他不爱学习，成绩不好，经常被语文老师骂。仿佛他的数学还行，但语文成绩却一塌糊涂。一篇简单的课文都读不下来，结结巴巴。他的成绩虽然不好，但他却是一个对同学比较仗义热心的人。小于复读的第二年，有一次在镇上遇到了他，他很热情地打着招呼。他刚刚买了几根油条，非要请小于吃一根。小于当然不肯接受，但陈三却热情得不行，非要他拿着。小于后来知道，陈三家里的情况很不好，父亲是个瘸子，而母亲的精神有问题，没有生活能力。他底下还有一个弟弟，两个妹妹。他是哥哥，照顾弟弟妹妹的责任主要在他身上。他是个家庭责任感很强的人。为了那个家，他承担起了和他年龄不相称的责任。

对于陈三，小于在心里是敬佩他的。然而，这样的一个人却在几年前的那次"严打"里被抓了起来，因为"流氓罪"被判了五年。犯了什么流氓罪呢？说是就在镇上看电影时，散场后几个小光棍看到前面走着几个姑娘，他们就起哄了，惊吓追逐她们。结果是什么事情也没发生，她们也没谁真被吓着。但后来在"严打"排查时，有人说起了这件事，就把他和另外两个抓了。那一年风声紧，东北出了一个什么"二王"，上海有几个高干子弟和女青年跳贴面舞，耍流氓。他们都被枪毙了。所以，陈三被抓只是渔网里捕到的一只小虾罢了。

如果按照时间上算，陈三并没到期，大概是表现不错，被提前释放了。

这一晃，就是四年。

不值，太不值了，小于想。这是一个很大的人生污点。可是，在村里人的眼里，陈三的事和自己比起来，哪一个污点更大呢？他自己回答不了。陈三也许还有勇气面对，毕竟他只犯了一次错误，而自己却是一犯再犯，"自取其辱"。

父亲其实是个不善言谈的人。在村里，他是属于沉默寡言的那一类。他偶尔暴怒，只是在家里发泄。但他骨子里也的确是个要强的人，否则过去他就不会那样一心盼着儿子复读考大学。全村里像于一心这样复读考大学的，只有他们一家。他多么希望儿子能给他长脸啊！从刘玉卿出事，一直聊到陈三出狱，父亲的内心似乎是受了什么触动。

这是他和儿子第一次这样喝酒。这时他们是父子关系，是老少关系，也是成年男人间的交心关系。他们是一对男人在聊天。没有主要话题，随便聊，聊开了，就扯得远了，漫无目的。村子不大，总共也才那么几十家。能聊小于知道的也就是近一二十年的事，更远的事小于并不了解。几十年来，村里也没有什么大不了的事情，只不过是些男男女女，生老病死。过去的日子除了穷，还是穷。庄稼人想的，不过是一日三餐填饱肚皮。说到五几年村里饿死了人，说到了"大跃进"和人民公社……

"你外婆就是饿死的……"父亲老于叹着气。

小于倒是第一次知道。

"不让说……你妈也不愿意提。过去的都过去了。可怜啊！那年头饿死的不是一两个。有的全村都饿得走不动路。树皮都被剥了吃了。"老人感慨着，好像酒劲有点漫上来了……

听到的这些，感觉那样遥远，极不真实。

小于说起了前些日子看到了赵广贵的事。

父亲一句话也不说。他自己喝了一杯，满上，一仰脖子，又干了。小于主动又为他续上一杯，看到父亲从小凳上坐直了腰，长吁了一口气，像是从丹田那里吐出来的。

"你这个样子……能不能出去找个事做？"父亲有些虚弱地问。

小于不明白他的意思。

"……现在农村的日子好多了，好过了。农民们都要感谢邓小平，这改革开放，分田到户，搞得好的。能读书的，可以考大学。都有了活路。……你要还留在村里，对你肯定是不利的。人家姓赵的在心里既然记恨上你了，以后不管你是在村里还是乡里，还能有什么出头的机会呢？古话说，人挪活，树挪死。你这样子，该挪就得挪。我和你妈年纪大了，无所谓的。你妈有我照顾呢，日子将就着过，没什么的，再说还有你哥呢。

"你嫂子呢，这就随她去了……不相干的……你读书多，知道苏秦说六国呢。苏秦两个嫂子经常骂苏秦，说他是成天做梦想当官，荣华富贵，不干农活。苏秦过去受尽了她们的辱骂。后来苏秦拜相，吓得她们跪在地上磕头求饶。"

小于只是静静地听，心里想着父亲扯得有点远。

"古戏文里，有个古人，叫朱买臣。他没发迹前，老婆各种嫌他，最后和他离了婚。之后他中了状元，当了大官，风风光光地回来了。当时的县官大老爷，摆了十里长的欢迎队伍，敲锣打鼓，迎接他。老婆想重新和好，这个朱买臣就让当差的拿了一盆水，泼在地上。然后对她说，如果她能把水全收回盆里，他就再和她好。他老婆一点面子也不要了，当街就拼命地把水往回舀啊，舀啊。可是，一半的水也收不回来啊。

"覆水难收呢。"

那是小于第一次听到父亲讲古。

他没什么文化，平时也从不讲道理。但那个晚上居然讲了苏秦和朱买臣的故事，真是太为难了。这样的故事不知道在他的心里盘桓多久了。他相信父亲绝对不是因为酒喝多了，才扯得这样远的。而这些励志故事，在小于听来是那样不着调。

"我知道你心情憋屈……在世为人，哪个能不遭憋屈呢？越是要想出人头地，遭的憋屈越多。过去刘少奇不还遭憋屈吗？一般人受罪也不算什么。"

"天天窝在村里，那就不如出去走走，找点事做。"父亲说，"你要放得开，不要顾忌我们。出去一两年晃晃，万一等这姓赵的退休了，你回来说不定还有机会。"

小于喉头发紧，干涩。他没说，那姓赵的离退休还早呢。如果等他退休，自己以后一辈子也没机会。但这个真相太残酷了，他不想说出来，那太打击他了。让父亲心里还存有点虚幻的盼望，也是好的。

那个晚上，他一直不能入睡。头脑里翻来覆去地想，他下一步要如何走。刘玉卿的模样却是挥之不去的，她一直笑吟吟地看着他。她怎么就那样想不开呢？为了那么一点小事。土地对农民来说，的确是命根子。周家就占了那么一点点，就算全占了也不过是半亩地。当然，这也不是一点点土地的事，是气。人都是为了自尊，为了那口气而活着。其实自己也是面对了这样的冰冷窘境。如果他不走，他会不会像她那样，心里会越来越积郁？

父亲说的是有点道理的，他必须出去找点事做。可是，能找什么事做呢？他在广播里听到，中央都在提倡城市改革，国有企业改革。城里的国有企业都面临困难，他一个农民身份的人进城还能有什么机会呢？也许他可以找找过去的一些同学，初中的，高中的，都行。而所有考上了大学，参加了工作的同学都是靠不住的。他要找那些在外面打杂工的同学。

他在脑海里把上百个同学的名字都过了一遍，发现剔除了女生和一些明显不可能的，几乎不剩下什么名字。

翻来覆去，覆去翻来……他看到了窗户那里有点泛白，然后听到了村里谁家的鸡在打鸣。

这是第一声鸡叫。

5

都是熟视无睹的景色，那天小于居然有了一种悲壮的感觉。

麦子已经开始黄了，到处能听到布谷在叫："快割——快割——"

天气已经明显地热了。

几个月前，他在村庄与县城间往返，还是一名教师，现在却是什么身份也没有了。是的，其实他只是一个农村青年。既然没了工作又不种地，他就只能出去干活养活自己。他不知道外面能有什么临工好做。这是1987年，在这片广阔的苏北大平原上，经济还远没有像南方那样发达，尤其是乡镇工业几近于无。县里的工业体系基本上就是以国营和集体为主，纺织厂、机械厂、农药厂、服装厂、建筑公司……它们吞吐的都是县城里的青年。虽然只是普通工人，但必须是城镇户口。就算到县办大集体的工厂里当一个最苦最累的工人，也必须是有后台才行。

农民们是进不了城里打工的。

多年后的老于想,那时的自己就像一个没头的苍蝇,完全没有方向。苍白,虚无。如果他不是有意外的机会做起了代课老师,是不是就是另一种人生归宿?那是必然的。也许他就死心塌地,在乡下一辈子种地。他的很多同学都是这样的,自己和他们并没有本质的区别。那样的归宿,也是能够接受的。

如果把人生比作一个小小的弹球的轨迹,也许就更好理解了。弹球在轨道上遇到一点细小的变化就会发生偏差,落点的变化就会很大。年轻的他,身上流着青春的血液。他看不到自己身体里的弹性,意识不到,但事实却是存在的。虽然看上去他很安静,但是做事的本质却是鲁莽的、幼稚的,充满了不确定性。他不甘心。尤其是他在镇上的中心小学做了这么些年的代课教师后,越发不甘心。就算是那些正式老师,他们的工作并没有他干得好,这是事实证明了的。他教学,比他们优秀。为什么他要被辞退掉呢?这是明显的不公。

"王侯将相宁有种乎?"

这句话太熟悉了。

他不甘心。他想到了许多美好的事物,比如钱洁老师弹琴的样子。她弹琴的样子真美,美得不可方物。钢琴的黑白琴键在她的手指间,居然能发出那么美妙的声音。一个能弹钢琴的女人,全县里能有几个呢?这样的女人,就是高雅的女人。钱洁也的确是。

钱洁成了他的钢琴老师。

他也会弹钢琴了,可是,这不能让他有饭吃。

高中时,小于在学校图书室里看过一本书,卢梭的《忏悔录》。卢梭居然通过自学,不仅能写哲学著作,还能写歌剧音乐。虽然那本书里写了许多他不能理解的东西,但他还是为卢梭而迷醉。他崇拜这样的人。也许他也可以学着作曲,写许多歌曲。那样要是钱洁有一天弹它,会是怎样的一种情形?

也许他这一辈子都不可能再见到钱洁了。当然,也许永不相见是件好事。再见了,她可能会觉得很羞愧,而她肯定也并不希望知道他现在失去了工作,尽管是一个临时工作。

这是一件让他感到很惆怅的事。

在盘湾乡的那个路口,车上一下涌上来七八个年轻姑娘。她们兴奋得叽叽喳喳,就像一群快乐的小鸟。公交车一下就显得拥挤而热闹。没有座位,她们就站立在走道里。从她们的谈话里,小于知道她们是缫丝厂里新招不久的女工,她们刚刚经过了半个多月的培训,合格了,重新去厂里上班。她们兴奋不仅是因为年轻,还因为对新工作的期待。

有了工作了,就是一种全新的生活。

小于在心里多么羡慕她们啊!太幸福了。她们中有个头高瘦的,也有微胖的,身材模样各异。可是,她们身上都洋溢着特别的青春活力。是的,他比她们大不了几岁,也许就是四五岁的样子。他们都还是在青春阶段,可是她们的青春充满了活力,而他则死气沉沉的。青春和青春大不同。

他看到了她们中有一个姑娘有一对又圆又大的黑眼睛,她的目光有几次碰到了他的目光。他感觉哪里有点不对劲,似乎是在哪里见过她。可是,在哪里见过呢?他努力地回忆着,却怎么也想不起来了。

一定是在哪里见的，他想。她也在看他，肯定也是意识到他们曾经见过。他怎么就想不起来了呢，难道是在梦里？

不，一定是真实里见过的。她皮肤很白，双唇丰厚，肥嘟嘟的，简直像一个婴儿。她笑起来的时候有点夸张，身体前仰后合。多么漂亮、活泼的姑娘！如果他还是一个教师，哪怕并没有通过县教育局的考试，他也会鼓足勇气追求她。是的，她的模样打动了他，他喜欢她。虽然她在侧面站在走道里的，但是她的眼睛却时不时地向他这边瞄一下。是的，这时的他看上去还像是一个体面人，一个有工作的人。太明显了，因为他戴着近视眼镜。农民是不可能戴着近视眼镜的。几年的代课生涯，让他看上去有些文质彬彬。

车子在赵桥停了一下，有人下了车。小于边上出现了一个空位。那个姑娘突然灵巧地从别的姑娘身边一侧身，就来到了他的跟前，身子一侧，就坐到了他里面的空位上去了。真是一个丰腴的姑娘，她圆圆的屁股几乎是贴着他的眼镜镜片擦过去的。他还闻到了她身上的淡淡的香水味。她的抢座，立即遭到了别的小姐妹们的嘲笑和攻击。而她却一脸得意调皮的样子，非常享受。

"谁让你们不动的。谁抢到是谁的。"她快活地说。

"就你眼尖，谁知道你抢的是什么呢。嘻嘻。你心里有鬼吧？"姑娘们七嘴八舌。

"得了得了，你们谁愿意坐谁来。"她装成有点生气的样子，嗔怪道。

"我们才不要去呢。你坐在那里多美啊，还要长三斤肉。"

"这就不怪我啦。"她就装着别过了头去，向着车窗外面。

6

　　县城还是那么热闹,各种车流人流……

　　小于站在街头彳亍,彷徨。他听说有一个高中同学就在县里的长途汽车边上跟着他的叔叔开了一个摩托修理店,他或许应该找到高中同学。大街上真是嘈杂,各种声音交汇在一起。尤其是街上的音响店,卖收录机、卖磁带的,都把声音开得很响。卖收录机的是为了推销收录机,尤其是本地产的收录机,"燕舞——燕舞——一片歌来一片情。"不断地重复着。而卖磁带的播放的更多是港台歌曲。数年前,邓丽君的歌曲还算是"精神污染",但现在已经逐步放开了,没人过问了。

　　修自行车的,修钟表的,修收录机的……看到这些,小于的心里又燃起了一股希望。是的,没了教职,不意味着就走到了绝路。他可以学着修钟表,修收音机。只要有两只手,总能找到一口饭吃。他知道有一个同学高中毕业后就跟了一个师傅学起了钟表修理,生意相当不错。重要是手艺好。他相信他也能学。

　　在心里他记住了一个名字,贾雯雯。

　　贾雯雯就是那个嘴巴性感丰满的姑娘。

　　她告诉他说,有一次在电影院的门口见过他。小于一下子恍然大悟。是的,是的,她就是那个穿着喇叭裤,开启可口可乐时弄得唾沫四溅的姑娘。

　　她在缫丝厂里上班。

县里新办了一个缫丝厂,招了数千号年轻姑娘。基本都是城镇户口,但也有少数乡镇干部的子女或亲戚。她的父亲是一个村里的支书。她家五口人,除了她的父母,她上面有一个哥哥,在外面当兵,前年已经提干了。她还有一个弟弟,还在读书。

多少有点背景的,到底是不一样的,小于想。他和她,也还是有悬殊的。他觉得她不仅长得漂亮,性格也特别可爱。在她白皙的脸上,其实有一些淡淡的雀斑,只有靠近了才能注意到。她笑起来有一只可爱的小虎牙,尖尖的。这只可爱的小虎牙,会有多锋利呢?

他撒谎了,心里有点不安。其实那话是脱口而出的,出口就后悔了。她猜他是个老师,他说是的。她问在哪儿,他就说是在他家那个镇上的中心小学。如果她有一天去找他怎么办?也许她并不会去找他,可是,如果呢?如果去找他,他不是成了一个骗子吗?他成了一个不诚实的人,她在心里就会蔑视他。而他多么希望自己在她心里的形象是美好的啊!

"你来县城开会吗?"她问。

他迟疑了一下:"看一个同学。我的一个同班同学在县教育局。"

"女同学吗?"她眨巴着黑眼睛。

她的瞳仁真黑啊,眼白真白,白得有些淡淡的浅蓝色,纯极了,没有一丝的杂质。

他不自然地笑了一下:"不是。男的,男同学。"

"你会经常来县城吗?"她问,"再来的话可以找我玩。我们厂你知道吗?在城西,就是那个自来水厂后面。对,就是有高高的水塔的那个。你可以在传达室那里打电话找我。"

"好的。"

"贾雯雯,贾宝玉的贾,晴雯的雯,雨字底下一个文字。"她说。

会的,他说。心里发虚。他知道她也许真有点意思呢,可是这现实吗?

但不管怎么说,他既然已经来到县城了,他就不能再回去了,他想。不管干什么,哪怕他游荡在街上,或者到远处的乡村去,没有人认识他,也是好的。他必须要摆脱过去,重新开始。

他下定了决心。

第三章

（1987年9月一）

1

第一眼看到大海时，小于就有点晕了。

海风很大，吹得他的衣服像旗子一样嗦嗦抖动。他有点站立不住了。海风真腥，各种臭鱼烂虾和海藻的味道，腥得难闻。面对的大海，一望无边。海水腥浑。大海一望无际，看不到尽头。远处有小船，只是黑黑的一小点。海鸟在飞，上上下下，尖叫着。

鬼使神差地，他来到了这里。其实这里离县城只有五十多公里。他曾经有个同学的家就在海边，还有个女同学是嫁到这里的。过去他只听说这地方，却从没来过。他非常盲目，也不知怎么就来到了这里。迷惘得很，有些走投无路的感觉。

他想看一眼大海。

他想象海边应该是荒凉的，没有人烟。他需要孤独。他想，也许他可以在海边终结一切，不留一点痕迹。他完全想不到多年以后，自己当年没做成的事被他生命里一个很重要的人，完成了。

这是宿命吗？

他坐在海边，坐在一处陡坡上，看着海水反复地冲刷着。一浪冲上来,退去。冲上来,再退去……

2

小于被人留下了干活,出海。

他从来也没出过海,不过他想他可以适应。

包吃包住,一个月一百五十块钱。这工钱让他满意,比他做代课老师时还要高一点,多了三十块。而所谓吃,就是在船上的三顿,鱼虾不缺。包住,就是睡在船舱里,众人合盖着三床已经很脏的棉被。不过小于觉得挺好的,总算是有了个落脚的地方。他有什么更好的选择呢?能找到这么一份活已经非常不容易了。这是他的一个女同学介绍的,那个高中女同学几年前嫁在了这里。雇主姓周,大家都叫他周老大。算起来,周老大是她的本家叔公。

那天他找到那个女同学时,女同学被他吓了一跳。她一看他的神情,就知道他不对劲。当他喝到她煮上的热汤时,他的眼泪掉进了碗里。

那是一碗紫菜蛋花汤。

他觉得那是他在这个世界上喝过的最好喝的一碗海鲜汤。在这之前,他已经整整三天多没正经吃喝过了。他最近的一顿饭是用身上仅有的二十块钱,花去了其中的两块买了几只烧饼和一瓶水。她很惊讶于他的落魄,他就把自己在学校被辞退的遭遇简单地说了。

"那你以后有什么想法?"女同学问。

他不知道说什么,头脑里空空的。他太累了。在一碗热汤和一大碗米饭下肚后,似乎是撑傻了。他想不出来说什么。他还能有什么想法呢?他只想在这里长久地坐下去,一点不受干扰,有饭吃,有热汤喝。

"你愿意出海吗?"她问。

她告诉他说,她有个叔公是船老板,出海打鱼。船上的人都是雇的,当然多一个人少一个是无所谓的。如果他愿意,她可以介绍他去。

她把他带到了现场,却当场就被她的叔公骂了。

那是一片有点空旷的滩涂。有一些船在维修,或是新刷桐油,散发着一股难闻的气味。也有一些船显然是废弃了,木板腐烂,断裂。船舱的铁板都锈蚀了,原来的油漆也都褪尽了。更远处的滩涂上长了许多盐蒿和红茅草,空地上则冒着白色的盐碱。那里小水洼的水,被太阳晒得发烫。周老大第一眼看到小于时,只是翻了一眼,什么也没说。他低着头,理着船上的捕网。青褐色的渔网堆成了一堆,粗大的尼龙绳上系着白色的浮标。看到小于还站立着发愣,就生气地吐出嘴里的烟屁烟,狠狠地啐了一口痰在地上,高声骂道:"你他妈的站着当木桩哩。快脱掉你的那双皮鞋,要不我就把它扔到海里去。那有球个用哩。驴子拉磨就要套上轭套。驴要有驴样子,埋头干活。不是他娘的绣花。到海上就是要干活的,拉屎就拉屎,不拉就不要占个坑。占坑了就不要他妈的穷讲究。"

"他不懂哩,你骂什么。"女同学赶紧护着小于,"要他做什么,你就指挥他做。他现在又不懂的。"

小于的脸上臊得很。

他从来没有被一个男人这样辱骂过,而且当着他女同学的面。

他后来才知道这个粗俗暴躁男人骂起人来，一般情况下半个小时里是不停的。那些脏话脏字就像爆米花一样，从他那张嘴里迸出来。那不是嘴，简直就是一口滚动的高温中的闷铁锅。其他几个人听着他的骂，就一起发出嘁嘁的笑声。很显然他们早已习惯了他的詈骂。他的詈骂对于他们枯燥劳累的海上生活来说，是一种调剂。

船上一共有七八个人。

这个季节显然不是最挣钱的时候，所以小于来的时候，周老大并不太愿意收他。据船上的人说，他们每年二三月份才是出海的黄金时候，那时是用细网捕捞鳗鱼苗。鳗鱼苗非常小，细得像针一样。这鱼苗很贵，出口日本。一到季节了，这里就有从四面八方赶来的贩子收购，他们再转卖给水产进出口贸易公司。最旺盛的时候，那些小贩子都是用蛇皮袋背钱，来收购鱼苗。鳗鱼苗就是软黄金。

新港镇就是这样兴盛起来的。

这个镇子呈弯月形，面朝着大海。这个镇子的建筑明显比别处要好，虽然式样不同，高高低低，却都是白墙黛瓦。粉墙上适合写上各类宣传标语："计划生育好"，"要想富，少生孩子多种树"，"严禁打击一切犯罪活动"，等等。小于想，那一条标语应该是"严厉"，而不是"严禁"。这两个词完全是不同的意思，但这里的人显然熟视无睹，谁在意这种东西呢？许多人家的门前停放着一两辆红色或黑色的摩托，竹架上晾挂着大片的渔网，水泥地上的扁筐里晒着各种干货。乌贼干、海虾干、墨鱼仔……间或也有一两条鲨鱼，已经晒得干爽灰白了。沿街的一些小商店里，摆着各种生活百货，也出售海鲜水产。干货都用透明的塑料袋装着，一袋袋地码得整齐。整个镇子都是海腥味。苍蝇们在快乐地哼哼着。很明显,这里的人半渔半农。事实上田里的活大多是妇女和老人在伺弄,青壮年男人喜欢下海。海里有金子。有人家一年能挣几十万。小于当时听得心里吃惊,这简直是一个天文数字。他过去从没想过这里的人会这样富裕。

富裕的其实也是极少数。

极少数的就是那种特别能干胆大的。

胆大,什么赚钱捞什么。鳗鱼贵,就专门捞鳗鱼苗。捞鳗鱼苗,风险大。每年都有人死在大海里。近海处是没有鳗鱼苗的,要到远海里,海水要一色黑。船有时要开出去好几天。运气好能捞着,运气不好,什么也捞不到。失事是经常的。一是有的船太小了,一旦遇上恶劣天气,巨浪掀起来好几丈高,一个浪头就把船打没了。小船对大海来说,就像是一只漂的小树叶。而海上的天气说变就变,谁也预测不了。还有一种情况,就是有些来捞鱼的船员是新雇的。好多都是旱鸭子,甚至从来没见过大海。小于的家其实离海边也不过就是一百多里地,但在这之前他没来过海边。

这里的海水浑浊,泥沙多,黄海。

九月份以后主要是捕捞带鱼、小黄鱼、乌贼、鲳、梭子蟹什么的。这些年,捕捞量越来越小了。为了能有好的收获,有时不得不一直往海里深处开。扣除人工和其他成本,船主的经济收入也在逐年下降。

那是一段他一辈子都不会忘记的经历,因为他"死过",这绝不是夸张。

他差点就不在这个人世了。

他第一次在海上看到了日出。

大海一片苍茫。

船在岸上时，感觉还挺大的，但一开出去到了海里就变得很小了。机帆船，柴油机轰鸣，声音很响，烟管着冒着滚滚黑烟。小于的脸上、鼻孔里熏得都是黑烟垢。那时候每个人的脸上就是牙齿是白的。船在海里越来越颠簸。小于心里很快就翻江倒海，把早晨吃的东西全吐了出来。眼睛里全是泪水。海风很大。别的船员都在忙碌着，只有他像一条死狗瘫在船舱上，一动都不能动。虽然他强忍着心底里的翻腾，可是他还是要每半分钟甚至每十秒就要吐一次。吐无可吐时，就是不断地干呕。

没有人来安慰他。

他感觉自己马上就要死了，就在下一秒。他的黄胆汁都吐出来。他头晕，天空在他脑海里摇晃。他感觉自己不是躺在船上，而是在地狱里。无数的妖魔鬼怪在拉扯他。他渴望回到岸上，渴望回到村里，渴望躺到自己家的那个铺上。哪怕让他回到镇上，接受别人对他的嘲笑，他愿意。

他想念中心小学，想念教室，想念那些吵闹着在下课后到操场疯跑的孩子……如此近，又如此远。这两者间，就像是阴阳两隔。是的，阴阳两隔，找不到比这更为适当的比喻了，他想。谁是阳间，谁是阴间，他区分不出。

他想死，想马上死。

他想到了跳海。

他被人死死地摁住了。

海鸟们却是兴奋的，它们在半空里飞翔着，尖叫着。它们有时就像闪电一样,迅猛地扎进水里,又迅捷地飞起,嘴里叼着鱼重新飞回到半空里。

3

适应是必然的。

要么去死,要么适应。适应了,一切就都好了。

小于开始习惯了海上的工作,甚至开始喜欢上了船上的生活。因为它远离了陆地,远离了过去,也远离了曾经有过的各种烦恼。你在海上,要忙碌,还要对付各种可能出现的意外情况,根本不可能有时间胡思乱想。

周老大其实是个不错的雇主,虽然粗野些,但不小气。他不喜欢和船员斤斤计较。只要在船上肯干活,肯吃苦,就是最好的。他看重的是一个人是否在踏实做事。郑二、刘德贵、老五、小丁、三秃子、大发子,个个都是吃得了苦的人。里面只有小于和小丁、三秃子是还没成家的。除了周老大外,年龄最长的是刘德贵,那时四十多岁了。家庭负担最重的则是老五。老五的家里有四个孩子,最大的孩子十七岁,最小的才九岁。据说老婆前年死了。

每天的工作单调而枯燥,互相间的詈骂就成了家常便饭。什么都骂,除了不敢骂天气和大海。说话的时候,话里要是没有下流脏字,他们是不出口的。闲下来他们更喜欢说女人,说男女间的那种事,形形色色的。在小于听来,那事实在是不美好。但他们却乐得很。他不太喜欢听他们说的那些,太下流了,破坏了他对性爱的美好期待。他和俞静算是恋爱过的,但他们也只是亲吻和抚摸。

可那一次,他们差点就做爱了。

就在他第二天要去县里参加考试的那个晚上,她去了他的宿舍。也不知怎么的,慌乱中似乎就拉灭了日光灯。他们在黑暗里拥抱在一起。他感觉到她的身体似乎有所暗示,也是因为他们一直站着抱在一起有些累了,就一起跌倒在他的床上。

她的胆子要比他大,他后来想。在黑暗里,时间像河水一样地流淌。她开始变得主动,她躺到了他的身下,接受他的抚摸。他虽然有些笨拙,但他知道卒子如何过河。她完全准备好接受他了。他们都脱得一丝不挂。他们只听得到彼此的呼吸声。她的双手抱住了他的肩膀,牙齿轻轻地咬着。他感受到了她的暗示,需要他的重压和侵入。就在他决定突破自己的思想束缚时,突然听到了外面有谁叫了一声什么。他确信他听到了,非常真切。

"谁在喊。"

"……"

"有人在喊,"他有些紧张,"刚才很大的一声。"

"有吗?"

"我听到了。"

他们屏住了呼吸。

事情就那样停止了。如果那个晚上他们跨过了那一步呢?他被辞退,她将如何面对这样的事实?那样她就会有些被动,那就害了她。现在他们分手了,但这深层次的原因还是自己造成的。其实他是有负于她的。

在海上的夜晚,他有时会想到她,但只是一闪。他不愿意多想，因为那只会引起他的不快。他宁愿更多地去想贾雯雯，她的圆脸，小虎牙。为什么他会想到她呢？也许他们是最没利益关系的一种关系。他和她只是萍水相逢。以后有机会他会去缫丝厂找她吗？也许会的。但是，如果她知道他现在的这个样子，她会理他吗？他不敢肯定了。

海上和陆地是完全不一样的。如果说人在陆地上感觉自己是渺小的，那到了大海之上就远不止是感觉渺小了。在大海上那是真正的孤独，即使一条船上有好几个人，你也还是孤独的。在大海面前，任何力量都是微不足道的。柴油机的动力在海里和蚊子在暴风雨里起飞的力量是一样的。每一个浪头打来，你都会担心生命的消失。你只要稍有走神，你就完蛋了。只要被卷进海里，没有任何人可以救你。大浪常常一浪接一浪，你刚挺过了一个大浪，惊魂未定，另一个大浪又再次袭来。苍茫无边的海面上，你会看到那一道道白浪在追赶着，一浪赶一浪。它们奔跑着，向他们袭来。惊涛骇浪，胆战心惊。船只和人，都是不听使唤的。你的意图和结果往往不是一致的。如果只是风浪还好些，要是下起暴雨，那真是有得受了。那雨从天上直接砸下来，能把你打得全身生疼，感觉骨头都被砸断了。雨不仅浇湿你全身，还会往船舱里流。你的视线完全被模糊了，眼睛根本睁不开。

每一次出海其实都是生死考验。

出去了，谁也不能保证一定能顺利平安地回来。他们每一个都心知肚明，只是谁也不说。他们也习惯了。这里每年都会有一两个人不能回到岸上。这葬身到大海里的，有本地的，更多的是外地的。出事的都属于意外，而一辈子都能平安的却是侥幸。

天气好的时候，大海是壮丽的。小于特别喜欢看早晨的日出。在五点左右，黑乎乎的海面上方有无数的黑云，在厚重的云层后面会慢慢地透出一些微光。那微光，就像牛奶倒进了墨水，慢慢地洇开，不断地扩大。也不知道是什么时候开始，那些滞重的很厚的云层开始移动了，而且移动得越来越快。有一点金亮跳出来，明显了，光亮越来越炽。云彩被镶上边，有金色，有浅白，有红色，有黑红色……那些云彩开始变幻起来，有的像马，有的像车，有的像行进中的队伍，千军万马……小时候也早起过，但却从没看到过这样的景象。这时候，小于会想到家，想到父母。他努力地想摆脱在土地上耕种一辈子的命运，可是结果却一再失败。他怎么也没想到自己有一天会来到船上，在大海里捕捞。可是，他真正的归宿却依然是土地。家乡的土地在等着他。他现在漂泊在海上，只是一种暂时的逃避。他终归是要回去的，重新面对父母和村子里的人。

　　但他不知道什么时候才会终结。

　　他像是在等待。他也知道事实上并不存在什么"等待"，也许他会一直在这里干下去。许多事情只能走一步算一步。而第一步和第二步的承接，就像上午和下午那样自然。只不过是有时上午是阴天，下午会放晴。有时上午是晴天，而下午突然天气骤变。

　　大海有时是狂怒，但有时也会很温柔。有时，海面平整光滑得就像是一面镜子。太阳高高地挂在天上，碧空如洗，蓝得醉人。小于看到过大鱼，非常大的大鱼，它们像军舰一样从海面驶过。这样的大鱼，他们是捕不了的。还有看到不远处的大船，货运船，装满了集装箱。小丁说那是去韩国的，或者是日本的。小于有次看到的一只巨轮，有好几层楼那么高。从他们的船边驶过时，简直要把他们和小船掀翻。

他们的船正常情况下，是感觉不小的。

夜里，满天的繁星。在海面上看夜空里的星星，要比在乡下看得更加清楚。每一颗都是那样明亮。四周里黑乎乎的，漆黑一片。海水会响。有时水面上会有磷光，淡绿色，就像是沼气池里燃烧的小火苗。在这样的夜晚，小于的脑海里就会响起奇妙的音乐。他会想起《蓝色多瑙河》《C小调第五交响曲》《星光圆舞曲》《爱之梦》，想起许多许多。他的手指甚至是下意识地在自己的大腿或是甲板上弹奏，就像是在钢琴的黑白琴键上一样。有时还会有一些另类的旋律从脑海里跑出来，那不属于任何一个作曲家。

他被那些古怪的旋律片断折磨着。

它们是美妙的，流畅的。它们是精灵一样的，莫名其妙地出现在他的脑海里。它们很自然地从他脑海里淌出来，就像海浪一样的涌来涌去。

"我应该把它记下来，"他对自己说，"也许这就是一首好歌呢。"

船上的人习惯了小于。他们知道了他过去的故事，都说他太傻了。为什么要得罪领导干部呢？得罪了自然没有好果子吃。他们为他有些惋惜，觉得他把那么好的饭碗给砸了，现在来到海上和他们一起吃辛苦。他们咒骂姓赵的，但又觉得这一切再正常不过了。如果当官的不贪钱，不贪女色，谁还愿意当官呢？他们将这一切当成了理所当然。

小于不和他们争。

下网、收网的时候是最忙碌、紧张的。尤其是收网时，如果手上有种沉甸甸的感觉,他们的心里就会多一份欣喜。每次有好收获,周老大都会请大家好好地吃一顿。要是手里没什么感觉,心里就会有些空落。小于现在几乎和别人一样了,熟悉一切生产过程。运气好的时候,他们出来一个星期就可以回去了。运气不好,半个月左右也得回,因为船上的淡水、食物和柴油都不够了。他们出海时,通常都是天还很黑时就出去,在海上漂半个月,回来时差不多在黑夜回。到达时,正好赶一个大清早。船到了码头,他们还得一筐筐地把鱼抬上岸。

码头那边挤满了大大小小的渔船。

来的鱼贩子也多。

他们是有固定的客户。价钱都是周老大说了算。他和鱼贩子们都是再熟悉不过了,价格差不多也是固定的。过磅,记下数字,然后就可以散场回家了。

每次回来,也都还是要休息几天。有人要趁着这机会赶紧回家一趟,看看老人和孩子什么的,处理一下家里的事务。单身的也需要休整,洗澡或是理发。这个小镇上有公共浴室,洗一次澡一毛钱。

小于现在完全像变了一下人,黑了,头发也长,乱蓬蓬的。眼镜也不戴了。有次掉在船舱里,被老五一脚就踩碎了。没了眼镜也照样干活,过了一段日子发现不戴也是一样的。

闲下来的时候,他就是睡在船舱里。他们都回家了,走空了,船舱里一下就显得很大。他可以睡觉,可以听船舱里那台老旧的收音机,也可以看看一两本杂志什么的。

4

小于在这样的生活里苟且。

在这里,没有什么人认识他,除了他的女同学。那个女同学好心地帮助他,但更关心自己的家庭生活。他也很少看到她。他现在的心情慢慢地平复了。已经走到这一步了,根本就不在乎过去的那些事了。他相信人们总会忘记的。真正忘不掉过去的,还是他自己。而他现在理解的尊严,和过去有了很大的不同。

小于现在和船上的那些人一样,喝酒、抽烟,说各种下流话,骂人,对船上的一切都很老练了。既然大家在一条船,那就必须要有好的关系。而要和他们建立最好的关系就是把自己变得和他们一样,甚至是有过之而无不及。唯一和他们不同的,他喜欢在一个本子上记些什么,上面写满了他们看不懂的蝌蚪一样的小东西。

只要有空,他就会把头脑里冒出来的那些旋律写下来。船上的人谁也看不懂。除了郑二有时会讥讽他一两句,别人对他这事完全视而不见。说到底,他们认为他和他们还是有些不同的。

出来后的小于没有回去过。他还是在出海前给家里写过一封信,他说自己的一切都很好。他没写自己是在船上,只说找了一个临时的事情做。总之,他能把自己养活。而且,他说他还谈了一个女朋友,缫丝厂里的。他还没有下决心是不是一定要和她好,因为她也还没有告诉她的父母。小于不知道为什么要这样对父母撒谎,也许他只是为了让他们得到一些安慰。

他去过两次县城，没事，只是为了逛逛。

县城还和过去一样，熙来攘往。街景都是他所熟悉的，就像一个固定的舞台。不同的只是舞台上的登场角色不同，或者是先后顺序的不同。那样熟悉，又是那样陌生。面对熟悉的街景，他有许多的惆怅。

他去了缫丝厂。

很大的一片厂区，工厂的大门很气派。小于只是远远地看着工厂大门，心想：或许他可以意外地遇上贾雯雯。厂门口不时有人进进出出的，可是并没有什么女工，看上去倒像是闲杂人员。他渴望遇到她，但也害怕遇上她。如果她问他现在做什么，他要如何说？他现在这个样子是狼狈的，形象上和过去不一样。

他落魄得很。

小于心情复杂，站在那里好久，最终还是离开了。回到海边的船上后，他给贾雯雯写了一封信，诉说了自己对她的爱慕。

这算是他的第一封情书。

他写得非常认真。然后他把信投进了小镇上邮局门外的那个绿色邮箱里。信是直接寄到缫丝厂里的，信写得很长，足足有好几页，倾诉了自己对她的思念。他在信的末尾请求她不要回信，因为他已经不在中心小学教书了。他说他要寻找一份更适合自己的事情做，只是暂时还没有想好。

信寄出去后，他的心里很忐忑。他不知道她能不能收到那封信，收到后，又会是怎样的感觉呢？好在这样的忐忑没有多久，因为他们在封海前又出去了一趟。

一出海，他就不想这事了。

5

冬天了,不出海了。大雪下了一场又一场。小于也还是没回家,他就一人睡在船舱里。周老大的老婆给了他两床半旧的棉被,晚上睡着还是很暖和的。有时周老大喊他去家里吃饭,有时则会用饭盒装好了装过来。有时女同学也会看看他,嘱咐他好好地照顾自己。她甚至开玩笑说要帮他介绍一个对象。他的年纪不小了,应该结婚了。在农村里的同学这时差不多都结过婚了,有的孩子都上小学了。他要再这样耽搁下去,那就要成老光棍了。

这也是没奈何的事,他想。

他是必须要有寄托的。

而他所能做的,就是把寄托投入在他写下的旋律里。小本子记下了一本又一本,除了他自己没人看得懂那是什么。在船上的同伙看来,那是很无聊的一件事,有点可笑。但他不觉得。他觉得只有这样投入,才能让自己的内心不空虚。

他害怕空虚。

船舱里的收音机这时为他一人独享,他喜欢一个音乐台,全天播放着欧洲的古典音乐,肖邦、德彪西、拉威尔、舒曼、德沃夏克、门德尔松、莫扎特、柏辽兹……巴赫的《G弦上的咏叹调》、福雷的《西西里舞曲》、李斯特的《爱之梦》他更是听了无数遍。

他很享受,就像感觉一个人独自拥有了音乐的天堂。

他也试着写一些东西,把他为一些小诗谱成的曲子,投给音乐杂志。每次他会寄上许多首,可是,从来也没有得到过回音。其实是否有回音也许并不重要,重要的是他现在的心里有了期盼。他有时会幻想,有天突然接到歌曲杂志社的来信,通知他采用了一首。那该是多么愉快啊!

　　这是一个梦。

　　有梦想,他才不至于陷入绝望。

第 二 部

Part 2

第一章

（1989年—）

1

命运很古怪，也很奇妙。

有时它是那样冷酷无情，时时要置你于死地，有时却又像是把你当成它最宝贝的宠物，瞬间让你彻底地改变人生，峰回路转，柳暗花明。

于一心居然被抽调到了县文化馆，成了一名文化干部。

县文化馆紧挨着机械厂，但却是隔开的。文化馆有个很大的院子，分成办公区和家属住宅区。办公区俗称叫东大院，家属住宅区俗称为西小院。西小院的确很小，只有东大院的五分之一。这两者是通的，有一个圆形的拱门。粉白的围墙上，画着大幅的关于改革开放的宣传画。办公区是三排红瓦平房，呈"Π"字形。两边的左侧是馆长室，右侧是一般的群众文化办公室，后面的横排则是展览室、舞厅和录像厅。

舞厅和录像厅是最近两年才开放的，作为馆里创收的一个重要途径。尤其是录像厅，生意火爆。放映的基本都是港台的武打片。每有新片，文化馆的美工都会用彩笔绘制广告，张贴在文化馆临街的那个大门口。甚至工作人员还故意把大厅里的音响扩散到街面上来，每个路过的行人都能听得到几乎是震耳欲聋的打打杀杀声，非常刺激。

于一心怎么也没想到自己摇身一变，成了文化馆的工作人员。虽然还是临时的，但这临时和过去的临时可大不一样。层次完全不同了，远比在原来的镇中心小学当一个代课教师要体面得多。而且，根据以往的经验，他这份职业差不多就是永久性的了，他有很多的机会转正。文化馆里养着的都是当地最优秀的文艺人才，算得上是一个县里的文化精英。

命运就是这样奇特。

有时就是一个偶然的因素，发生了命运的改变，于一心想。他的改变是来自于一次意外。去年的一天他正在船舱里睡觉，突然听到镇子上锣鼓喧天，一阵阵鞭炮声炸响。要么是谁家娶亲，要么就是谁家的小孩百天或是老人做寿。但细想想，又似乎有些不对，那不应该有锣鼓声。他想更大的可能是县里的百货商场送货下乡，或者是镇上来了什么马戏团。

他被吵得从船舱里爬出来，要去看个热闹。

远远地，他就看到镇政府那边热闹得很。小街上挂着横幅：热烈欢迎我省著名音乐家采风团一行莅临我镇深入生活。沿街的围墙上，也贴满了许多彩色的标语。一辆中巴在缓缓前行，后面跟着的还有两三辆小车。人群簇拥着。镇政府大院里的高音喇叭正在播送着欢乐明快的歌曲——《喜洋洋》。不知道是哪里的电视台的记者扛着摄像机，在跑来跑去，忙个不停。

还有正式的欢迎仪式。

露天的，有主席台，上面端坐着许多领导干部和明显是艺术家模样的人。底下围坐的是当地的群众和政府工作人员、中小学生。音乐声停了，副县长讲话。

副县长讲话有些激动，慷慨昂扬的，声音很大。讲话的大意是省里来了一群艺术家，都是全国一流的著名艺术家。这些艺术家很是不得了，他们谱写的歌曲都是大家耳熟能详的。他们很辛苦，这几天来到我们县，跑了许多地方，现在他们又来到了这里，是一件非常荣耀的事情。新港的人民，一定要全心全意地接待好，服务好，让艺术家们有宾至如归的感觉，可以创作出更好更美的伟大作品。

掌声一片。

县委宣传部长讲话，介绍来宾。来宾里有中国音乐家协会的理事，省音乐家协会主席、副主席、著名作曲家……小于看得真切，听得也真切。有一个人的名字他是非常熟悉的，因为他过去在看《新歌曲》杂志时，经常看到这个名字。作曲：田野。

坐在主席台左侧的第三位，长头发，戴着墨镜，穿着黑色的皮衣，他就是田野。

小于激动了，是的，他崇拜这个人。这是一个大艺术家，他有许多脍炙人口的歌曲。看上去他也有五十多岁的年纪，或者更老一些。大城市里人的年龄不太好判断。突然间他就产生了一个想法，他应该把自己写的那些可能很幼稚的旋律，请田野看看。

这是一个疯狂的想法，太大胆，太幼稚。可是，又有什么不可以的呢？除了这次机会，也许他今后一辈子再也不可能见到这样的人了。他只是向田野学习，向田野讨教。他并不是有意要冒犯田野。他为自己这样的想法而激动，虽然他是那样忐忑。

整个下午他都被这样的想法折磨着，煎熬着。他挑出一个小本子，里面有许多是他新写的曲子。他想送到他们吃饭和休息的地方，当地的工作人员却根本不让他进。他真的要疯了。他知道这些人也许很快就要离开这里了，他要抓住一切机会。他只需要那个人看一眼，是的，只是一眼。如果那个田野看了一眼后，说："你写的根本不行。"他也就死心了。他需要一个专家的评定。他要试试自己是不是真的存在着一种才能。

无奈之下他就可怜巴巴地守在大院的门口，等那些人出来。当他终于看到那群人的身影时，他几乎是不顾一切地冲了上去。不少人被他这个举动吓了一跳。但他不管了。他结结巴巴，完全说不清他想要表达的意思。

但田野听懂了。

田野接过了他的那个小本子，翻看着。

所有的人都像屏住了呼吸。

那一刻，也许是五分钟，十分钟，十五分钟……但对小于来说，那是一年，十年，二十年。他要崩溃了。

"是你写的？"

"是。"

"真是？你写了多久？"

小于结结巴巴，语不连贯："一年，不，两年。我学着写，写了玩的。我不知道行不行。我不懂。我喜欢您的歌，我看到您写的许多歌。"

"不错。"那个人说，语气很肯定。

"还不错，有些相当不错。有感觉，有才华。不简单，真的不简单。"他看着小于说。他把小于的小本子递给了边上的人，让他们也翻看一下。

"人才，是个人才。"他说。

小于激动得满脸通红。

2

就是田野这一句"人才"，两个月后，小于被调到了文化馆。准确地说，不叫"调"，只是"借"，但这个"借"和过去的临时代课又是大不同的。决定借用的，是主管文化的副县长和宣传部长。改革开放嘛，需要人才。尤其是基层文化人才，需要加强。

田野对小于的发现，改变了他的命运。

文化馆是个很清闲的单位，很舒服。过去当代课教师每天要上课，批改作业。而文化馆员却基本是无所事事，每天上班就是喝喝茶，看报纸，扯闲。男男女女的，也就是七八个人。馆长姓韩，一头的白发，已经快到退休年龄了。谁来接他的班，没人知道。有说法是副馆长朱江会接替他的位置。几个馆员里，有一个是舞蹈老师，姓马，人到中年，她的丈夫是县劳动局局长。陈丽丽，群众文艺辅导员，她的丈夫是下面一个乡的党委书记。小李是个帅小伙，一米八的个头，很精神。他在馆里做行政，是县政府办主任的未来女婿。老赖，是个油画家，原来是县电影院的美工。老周，作家。周作家也是一年多前从乡下调来的，他原来是小学民办老师，热爱文学，因为发表了一篇小说，转成了国家干部，正式调进了馆里。

他俩也许身份相近，所以，很快就成了很好的朋友。

"现在政策好，这是个机会。"周作家对小于推心置腹地说，"你现在虽然说是借用，但只要不出大问题，以后肯定有机会转正的。"

于一心很高兴。其实他也不盼着转什么正了，只要算是稳定扎实的工作就行了。哪怕转成正式的工人编制，变成正式的城镇户口就行。但周作家很肯定地说，必须是转成"国家干部"。"这是一定的，"他说，"但是你要努力。"

家里人都高兴极了。

村里人对他这一改变都有点不能相信，做代课老师一再被辞退，没想到现在反调到县里去工作了。这算是因祸得福吗？他们佩服他了。父亲高兴了，脸上整天挂着笑，母亲的精神似乎也好了不少。于一心在县城里每隔十天半天，就回去一趟，反正是闲得很。馆里没什么事，上面有什么活动，照着做就可以了。他回来，借故到镇上的文化站转转，也算是工作。镇文化站站长老曹，过去就是认识于一心的，只是不很熟悉。现在他们算是一个系统的，见了就格外客气。

于一心记挂着路老师。

他去中学里找路老师，却扑了个空。学校的老师告诉他，路老师调走了，回了他的苏南老家。他老家在苏南的一个什么小镇上。那个小镇现在富得流油。他回去也并不是当老师，据说是到他堂弟的一个公司里当副总。这让于一心的心里有些失落，他本来是很想见到路老师的。不管怎么说，现在的他没有辜负路老师对他的关照。

镇上有些人认出了于一心,觉得有点不可思议。这么一个人,怎么转身就变成了作曲家呢?作家、作曲家、画家……不管是哪一种家,都是很厉害的角色。

于一心打听赵广贵,他们说他还是文教助理。于一心很想在大街上高声叫骂,但到底是忍住了。他相信赵广贵肯定很快就知道他的现况的。

在中心小学,于一心见到了王校长。王校长知道他的现状,很高兴,很是寒暄了一番。倒是刘兵见了他,有些生分。人和人的感觉真是太奇怪了,于一心想。当年落难的时候,刘兵其实是很义气的。现在他挺过来了,刘兵却不知道如何拉近与他的关系。于一心没能见到俞静。王校长说,她结婚了,嫁的是一个军人。

文化馆里有一架很好的钢琴,据说是德国进口的。原来馆里是有人会弹琴的,后来退休了就再没人碰过。小李拉开了积了许多灰尘的蒙盖着的厚布,现出了棕红色的琴体。于一心打开琴盖,听到了红松木板发出的强烈的共鸣声,在房间里回荡。

他一下就喜欢得不行。

只要一有机会,于一心就会去练习。这是证明自己才华的机会。他以此告诉馆里的人,他真的是懂音乐的。馆里的人多少都有些惊讶,他这样的一个人怎么会弹琴?他没有告诉他们,他过去是跟着钱洁老师学的。

他需要保持一点神秘。

他去新华书店里买了一些琴谱,练习着。他也弹一些流行歌曲和电影里的插曲,甚至他还弹奏当地的民歌曲调。他弹奏时,总是会引来马老师和陈丽丽她们。陈丽丽还会要求他为她唱歌时伴奏。

陈丽丽爱唱歌，据说年轻时唱歌很好的。现在是多少年不唱了，于一心感觉她的嗓音条件并不出色。因为有他的钢琴伴奏，她的声音立即就增色不少。只要一有空，她就主动要求于一心去弹几曲。她是馆里除了老周外，对于一心最友好的。

暗地里，于一心还是在创作歌曲。现在的条件和过去大不一样了，他写出来后都会在钢琴上弹奏一下，然后反复修改，直到满意为止。认真誊清后，套上文化馆的信封投寄出去。他相信不久的一天，一定会有所收获。他希望能有作品发表出来，有了成绩，才算是不辜负田野老师的提携。也只有做出成绩，他才能在文化馆立住脚。

他必须要有成绩。

在别人眼里，他还很年轻。他要立住脚，并不那么容易。当然，他必须要立住。他不能再被折腾了。

进了文化馆，于一心的心里别提有多高兴了。他第一个想到的就是要告诉贾雯雯。是的，只要她还没有男朋友，他就要追求她。他给她写过情书的，她如果收到了，应该是知道他的心思的。而他现在有了体面的工作，完全可以追求她。

他相信她还没有男朋友。缫丝厂里年轻女工多，男工很少。就算有男工追求她，他现在的条件肯定要比男工好得多。

到县文化馆报到的第二天，他就去了缫丝厂的厂门口。他相信他这次一定能等到她。当他赶到厂门口时，正赶上女工们下班。缫丝厂是三班制。女工们像潮水一样地往外涌。他在路边看了半天，也没看到那个熟悉的身影。当然，说"熟悉"实在是太夸张了。那"熟悉"，只是他心里想象的一种熟悉。他过去在心里无数遍地想着她，也许有一万遍。

"贾雯雯——"他大声地喊着。

没人应他,有人用奇怪的眼神看着他。

"贾雯雯——贾——雯雯——"

大批的人流都散尽了,他也没看到那个"她"。他只好到传达室去询问,传达室的老头穿着一件褪色的旧工作服,一脸警惕地看着他。

"贾雯雯?不知道。"他说。

"你是她什么人?找她什么事?"他的目光一直就停在于一心的脸上,试图从他的脸上找出什么想到犯罪的破绽来。

于一心向这个态度可恶的老头描述了一番她的模样。

"这厂里上千号人呢,哪里知道谁是谁呢?"他用教训的口气说,"你要知道她是哪个车间的,上的白班还是晚班,否则是没法找她的。"

"也可能她已经不干了,回家了。"老周说。

于一心困惑得很,她怎么就不见了呢?他把事情的前后经过讲给老周听,请他帮着分析。他相信老周的判断。周作家毕竟年长,经验丰富。而且他作为一个作家,自然是更懂得人心,尤其是懂得女性。

"缫丝厂的女人很辛苦的,有不少姑娘受不了,不干了。"老周说,"她又是临时工,也许被辞退也是可能的。"

"这么多天你都找不着,真的就找不着的。你这前前后后,找了有半个月了吧?"

"前后有二十多天了。"于一心说。

"既然找不着了,就不要再找了。"老周说,"你现在在文化馆了,可以找条件更好的。这城里的姑娘多得很,为什么还要找她?"老周说。

"这种事,要靠缘分的。缘分是什么?天意!"

于一心心里惆怅得很。

3

于一心被安排到省里进修。时间是一个月,省群艺馆。

来参加学习的,大多都是基层文化馆的文化干部,有男有女。他们住在省群艺馆的招待所里,每天听专家们讲课。

于一心在一个晚上去田野的家里做了拜访。

田野老师就住在文化厅的家属区,见他提了两盒营养口服液连连说是浪费。田野把他请到了自己的书房里,泡了一杯茶。听于一心说了被借调在县文化馆后的情况,挺欣慰的样子。

"要坚持多创作,多学习。"田老师说,"以后有合适的机会,最好深造一下。现在来短期进修也不错,可以拓宽眼界,多接触社会,有好处。"

于一心连连点头。

"你上次寄来的几首歌,有两首不错。我给《新创作》推荐了。"田野老师说。

田野老师那个晚上有些心神不定,中途接了好几个电话,说话的声音不大,压抑着。于一心心里多少有点紧张,他第一次在私人家里看到电话。在县文化馆里,一共也就只有一部电话机,在馆长室的隔壁,这样算是兼顾了馆长与普通馆员。田老师没多留他,嘱咐于一心好好地进修,回去后要继续努力。

于一心——应承了。

天气明显地热起来了。

城市里更热。

于一心回到县里,知道他回来的那天城里开始有点乱,发生了很多的事情。他算是远离了一场风暴……

4

时不时的,于一心还会在梦里吓醒,醒来后久久不能入睡。

他梦到了中心小学,然后被王校长叫进了办公室,告诉他不能再留用他了。这可怎么办?他要如何面对父母,面对村里人?以后的路要如何走?醒来后,有时感觉后背都有些湿了。

现在的工作其实是稳定的,太平的。文化馆的工作清闲,他有很多时间来从事创作。这一年里,他发表了好几首作品。这是他个人很杰出的成绩,也是整个文化馆的荣耀。宣传部在工作总结里,甚至特意提到了这一点。

马老师张罗着给于一心介绍对象。一个是税务所的,还有一个是蔬菜公司的会计。可是她们在听说他还不是文化馆的正式干部编制后,就都没了下文。

"这些小丫头狗屁不懂,眼光短浅。"老周安慰说。

于一心倒也不是太在意。他并不会为了这事着急。他现在心里很踏实,只要能稳定地在文化馆里工作。因为还没有转正,所以他的工资在整个馆里是最低的,但他不在乎。现在的工资已经比在船上干苦力高多了。而且,文化馆还分给了他一间宿舍,和老周是紧挨着的。他很满足了。在心里,他还是想着贾雯雯。他甚至去过一回盘湾那个地方,她当年就是在那个地方上车的。他相信她家就在那个地方,可是他打听了许多人,却没人知道。

这或许是必然的结局,他想。毕竟只是一面之缘,他是想得太多,未免过于多情。多情则生烦恼。

但生活里往往有意外。

那天于一心和老周两人在百货商厦里闲逛,老周要买一只电饭煲,非要拉着于一心和他一起去挑。于一心眼睛的余光里感觉边上有两个姑娘在叽叽喳喳小声地说着什么,还指指点点的。他一扭头,居然看到贾雯雯和另一个姑娘走在一起,正盯着他们看。

"贾……雯雯。"

她惊喜得不行:"你还认得我?你怎么像是消失了一样呢,好多年不见了,有点不太敢认你了。"

她像只快乐的小鸟。

"你们是熟人啊。"老周的眼睛放光了。

于一心看到她变得更白皙了,脸也更圆了。缫丝厂的工作应该是很辛苦的,可是她却一点也没瘦。于一心说他去厂里找过她,找了好多次,却没能找到她。

"不会吧?"她显得惊讶极了。

边上的那个姑娘则调皮地看着于一心,仿佛她已经洞悉他和贾雯雯的关系。他告诉她,现在自己调在了文化馆,当创作员。她脸上露出十分羡慕崇拜的表情。他们没有多说，觉得在商场里十分不便，就匆忙分了手。她告诉他，她下午五点左右下班，将来他要有空可以去找她。

于一心心里激动得很。

他觉得他要恋爱了。

"这丫头好，"老周说，"可爱得很，太可爱了。长得好看，你看她的眼睛，小虎牙。那皮肤好，白里透红。太好了。"

当天晚上，于一心就出现在了缫丝厂的大门口。而且，也真的找到了她。两人见面时，眼里都放了光。他告诉她，他过去来过不止一次。她告诉他，也许那段时间她是在调休。她们是三班制。有相当长的时间她上的是夜班，白天休息。因此，他是不可能遇上她的。

就这样，他们开始了正式的约会。

因为要照顾到她上班，所以，他们总是很晚才能见面。她下班时间差不多是晚上十点。于是，于一心差不多都是在那个时间等她，然后沿着她们女工宿舍后面的那条小路，一直向西走，散步。

缫丝厂的工作很辛苦。

姑娘们的双手反复地在滚烫的开水里操作，整个车间里散发着一股恶臭。贾雯雯说她刚进厂的时候，好多天恶心，一口饭都吃不下。她说尽管开始时天天洗澡，可是晚上睡下去还是能闻到自己身上和头发上有那种蚕茧尸体在开水里烫泡后的腥臭，挥之不去。白天里看她的手，是红的。她们也很少有假期，一个月难得休息两天，她要回家看望父母。

父母盼着她回去，做点好吃的给她。她临回时，还要给她准备些干粮。她在厂里的食堂根本吃不饱，尤其是晚上下班后回到宿舍里饥肠辘辘。对她而言，进工厂只是听上去好听，事实上却比在村里种地还要辛苦。好在她说她是个很皮实的人，经得起辛劳。

于一心每次见她时难得请她吃一碗馄饨或是面条。夜太深，难得还有路边的小店在营业。他很想请她一起看一场电影，但她总是没时间。他们似乎只能在晚上约会，而到了寒冬里就难以继续。北风狂吼，雪花飘飘，他们见面了只是跺脚，不住地哆嗦。厚厚的棉衣裹得紧紧的，往往只露出一对眼睛在外面。他们只能简单地说两句话，因为她里面的衣服是湿的，她得赶紧回到宿舍里去。她也不希望他在外面受冻。

春天好。

约会的时候，两人手挽着手。两边基本都是农田，长满了麦子或是别的作物。那边完全是农村了，也没灯光，漆黑一片，偶尔有几个晚上是有月光的。

两人并肩走，但目的却并不是走路，更像是一种小步舞蹈。他俩中的一个或前或后，时左时右。他们向前走一会儿，有时又会反向倒退。身体和身体有意无意地碰撞着，就像是磁铁相吸，又像是相同粒子的排斥。每一次碰撞，他们的心跳都在加快。虽然只是轻轻地一碰，但整个身体却感觉是那样美妙，妙不可言。他们是那样依赖，渴望相拥而又需要适度的距离。她在他的眼里，是那样美好，是全县城里最好的姑娘。虽然她不是那种流行审美里的标准美女，但她却是那样活泼可爱。用老周的话说，就是有些姑娘虽然有十分的漂亮，但不可爱。"贾雯雯这样的，虽然只有八分的漂亮，但却有十分的可爱。她的总分是九分。"

于一心把他自己的过去全对她说了，毫无一丝的隐瞒。他告诉她，第一次他们见面的时候，他是撒谎了，他没有工作。他讲了过去在小学代课时的恋爱，讲了被领导报复。讲他后来流浪过，做过渔民。他讲了自己死里逃生的事。

她听完了，长长地叹着气。

他以为她是对他不满了。当他们的身体重新撞在一起，他捧起她的脸，看到她眼睛里的泪花。

馆里的人也知道于一心恋爱了，但似乎没有人支持他。他们认为这是一个很糟糕的选择，为什么要找一个缫丝厂的女工呢？而且还是临时的。他这样的情况，为什么要做这种选择呢？就算是要找一个缫丝厂里的女工，至少也要找县城里的户口啊，否则以后会有一堆的麻烦事，尤其是影响下一代的身份。

于一心想起了钱洁。

如果钱洁老师不是因为自己的民办身份，怕影响儿子将来的户口，她一定不会被赵广贵祸害。但是，他和钱老师是不一样的。城里的姑娘们眼界是高的，他不想再遭遇像俞静那样的父母。而他和贾雯雯是合适的，他想。他不在乎她的临时工身份，只要自己的工作稳定就行了。

马老师是坚决反对的，她说于一心这样将来肯定是要后悔的。于一心心里想：不会后悔的，永远也不会。他认定了贾雯雯的。父母也是知道他的女朋友是缫丝厂里的女工，虽然他现在进了文化馆，但他们倒是不反对的。两人都在城里，挺好。

可是马老师是不由分说要给于一心介绍对象的。她可能是觉得于一心前面遭遇过两次挫折有点灰心了，因此为了提高成功率，她就显得更加"务实"。她把馆里一个姓徐的退休老馆员的女儿，介绍给了于一心。

那姑娘长得黑黑的,身材精瘦,说话的声音很响。她原来一直在乡下随她的外婆长大,直到几年前才招工进了城,在服装厂里上班。

于一心当然完全是不中意的,她和贾雯雯相比实在是差距太大了。但马老师却竭力地劝说这事的好处,一来是他岁数不小了,二来如果谈的对象是原来馆里干部的子女,到底算是真正的"扎根了"。毕竟现在他的身份还没有完全转变,谈了本馆的子女,自然是有好处的。扎根很重要。

为了说服于一心,马老师甚至让老周做起了于一心的工作。

"我们搞艺术的人,骨子里都是浪漫的。"老周说,"可是这种事,首先还是要考虑到生存,生存永远是第一位的。你和我是不同的,我已经正式转干了,你还没有。你娶了老徐的女儿,那就算是正式站稳了。就算是将来不能转干,他们想辞退你,也是不太可能的,毕竟你是文化馆干部的亲属。"

这句话像一记闷棍,打在了小于的心上。

于一心觉得这话甚至是有些威胁的味道了,当然,这威胁不是来自老周。老周说的,只是一种可能的事实陈述。

"女人嘛,也就那样。"老周说,"关了灯其实都一样,你要把她想成刘晓庆,那她就是刘晓庆。"

老周虽然是个作家,但却太粗俗了,和他过去在船上相处的那些伙计并没有什么太大的不同,于一心想。这话,过去船上的伙计们也时常挂在嘴边的。周作家作为过来人,是把小于当成小兄弟来看待的。整个文化馆里,就他俩算是在县里没家庭的。周作家的老婆和孩子还在乡下。他们俩住在前院一排平房的两间单人宿舍里。

宿舍紧挨着。

两人经常一起喝酒，聊天。

于一心却是不被说服的。

陈丽丽是偏向于一心的，她悄悄地埋怨马老师："马老师真是想得出，居然把她介绍给你。小徐哪里像个小姑娘？那么老气，简直像个大妈。"

5

于一心那段时间有些苦恼，心烦。

尽管于一心对那个姓徐的姑娘完全是无意的，但她却经常隔三岔五地来串门，好像文化馆是她的家一样。

当然，她对文化馆的确是熟悉的。她要比于一心对这个馆熟悉得多。她从很小时起就经常来馆里玩，尤其是寒暑假。许多人都是认识她的，尤其是那些老一代的馆员。马老师和她父亲的关系应该是不错的，当然她父亲是老资格的馆员时，马老师还是一个小姑娘，刚从乡下的一个小学调上来。徐老师是马老师的师傅，带着她一起搞过一段时间的基层文化宣传，有师徒情谊。

于一心看到小徐就装着没看见一样，好在她通常只是找马老师去聊天，笑声夸张。她那笑声应该是故意的。他相信其实就根本没有什么好笑的事。让他不舒服的是，她就像一只恼人的苍蝇，虽然不像蚊子那样叮人，但嗡嗡嗡地飞来飞去，也是很让人心烦的。

贾雯雯一次也没来过馆里找他，虽然她对他工作的地方充满了好奇。她只是有时路过文化馆院前的那条路，从没进来过。老周知道了小于和贾雯雯在恋爱，心里像是有猫在挠一样。他对缫丝厂的女工充满了向往。对贾雯雯，他的印象深刻。只要于一心晚上出去了，他就像只受到惊吓，竖起耳朵，一动风吹草动就随时逃跑的兔子一样，认真谛听着外面的动静。夜深人静，听到了于一心穿过文化馆的那个水泥篮球场，脚步从隔墙外面才进入小院里，他会立即迎到外面来，小声地埋怨说："你这个小于，出去这么晚，也不说一声，害我一直死等着。""我又没让你等我啊。"小于说，"这么晚了，你不睡觉等我干吗？"

"你出去说一声嘛。现在都十二点了，这么晚，让我担心。"

于一心笑起来："我一个男人，你倒要怕什么？"

周作家不再和他费口舌，立即就把于一心拉进屋里，说："我睡得晚嘛。你快说说，进行得怎么样了？亲嘴没？摸了奶子没？"

小于觉得老周太下流了。他对贾雯雯的爱是纯洁的，不容他这种下流鬼玷污。在他的心里，贾雯雯就是女神。虽然她只是一个临时工，一个农村姑娘，可是那并不妨碍他对她的热爱。他的爱情，从来也没这样强烈过。

"谈了这么久，居然还没摸上奶子，你也太没用了。"老周说。

"你太不够意思了。"老周说，"在文化馆里，谁对你最好？我！我对你是推心置腹，什么都不瞒你，对不对？我连有什么情人，全对你说。你却这样隐瞒我，太不够哥们了。你要学会和我分享。你有一百分的甜蜜，你独享就只有一百分。你和我分享了，就是两百分。"

"我和你分享了，也许只有五十分了啊。"

老周急了:"你和我分享,你的快乐并不减少啊。这又不是他妈的幼儿园里的阿姨分糖果。你要把你的快乐,传染给我。我们是兄弟,你快乐了,我也跟着快乐,不是一件好事吗?"

"什么时候再让我见见她。"老周几乎是央求了,"既然你是正经搞对象,我又不会胡来的。我们可以一起见面啊,出去玩。我和你,你让她再约个女朋友,这样四人一起,你看怎么样?"

"我会帮你的。"老周说,"你知道我的,我对付女人经验太足了,对不对?我是作家,她一定会听我的意见的。"

于一心后来想起来,觉得答应了他真是一件天大的错误。

贾雯雯是个特别的姑娘,开朗的外表下,其实内心里有很坚硬的一面。不知道为什么,她开始时好像并不完全信任他,比如他说写过信给她,她就不相信。她说她从来也没收到过。厂里有和她同名同姓的,但也不可能收错啊。家里或是同学写信给她,她都能收到的。

"你写的什么呢?"她有些好奇地问。

"没什么,都是好听的呗。"

"那你能不能再给我写一次?"

他有点苦笑着,那完全没必要。而且,他相信他真的再也写不出当初的那种感觉了。

"好不好?好嘛。再写一次,不寄,当面给我。"

"不好。"他说。

就为了这一句,她居然就伤心地哭了。

小别扭后来一直是有的,但他们很快又会和好起来。她有小性子。于一心想:或许是她的父母对她太宠爱了。是的,她的父母对她的爱，要多于她的哥哥和弟弟，也许就是因为她是家里唯一的女孩。他的心里是甜蜜的，觉得他们能重新相遇，是老天对他最大的恩赐。在他眼里，贾雯雯是最好的姑娘。他们俩在一起，总有许多说不完的话。她讲厂里的好多事情给他听。她同厂的那些姐妹，真的是各有各的故事。

"你当时是怎么看中我的呢？"于一心忍不住地问。

"没有啊。你是说在电影院的那次？"她笑着否认了。

"那公交汽车上的那次呢？"于一心有点不甘心。

"那也没有啊。"她笑得很开心，"我就是记忆力好。但凡我看过的人，我就会记得住。那天只是一眼就认出了你。"

也许她说的是真的，当时她真的并没有看中他。他觉得那时的自己毫无出色之处。他是多情了。但也许就是这样的误会，让他们重新相逢？他不能确定她是不是说了真话。年轻姑娘的心思，有时藏得很深的。他一直也猜不透她的心思。

她在他的心里一直有点神秘。

厂里有个男工一直对她死缠烂打，但她完全看不上。于一心听她的隐约话语，她有个高中同学对她挺好的，可是那人考上了大学，分在一个中学里当老师。可是这里面似乎又有些龃龉，终究两人没法聚拢在一起。于一心问她，她吞吞吐吐地不愿意说。

于一心只想着他们能顺顺利利地恋爱了就好。

那年秋天，他们突然来了兴致，说一起出去游玩。他和老周，贾雯雯约了同厂的一个小姐妹。他们去大灌河。中午一点多，老周不知道从哪儿弄来一辆绿色的吉普。他们一路上挺高兴的。贾雯雯那天很漂亮，唇上涂了口红，很艳丽。

口红是于一心送给她的。

他是去市里开会时,在商场里买的。一个很精致的化妆盒,其实只有香烟盒那样大,但弹开来,一面是小镜子,一面里面有许多小方格。小方格里有粉底,也有唇膏。送给她时,她很开心。她在他的脸上亲了好多下。他当时特别开心,很高兴她能喜欢它。他当时就想:以后要多多地送礼物给她,一辈子对她好。他已经向徐爱珍表明过态度了,他们不太可能的。他已经恋爱了。

徐爱珍当时听了他的话,居然反应很平静。

"恋爱又不是结婚。"她说。

于一心当时觉得她有些可笑,没有再答理她。

老周开车,虽然他根本就没有驾驶证。他把军用吉普开得歪歪扭扭的,一路上颠簸得很厉害。他每一次猛踩刹车,车上的人都跟着整个身体向前倾去。而拐弯时,他们感觉屁股都要离开座椅了。姑娘们在车里尖叫着。于一心不断地提醒老周降低车速,可是老周像疯了一样,完全听不进去。好在乡村道路上没有什么车辆,空旷得很。

吉普车就像一只放屁虫,一路上扬起了滚滚烟尘。

大灌河到了,那一段的河面特别宽阔。

老周一定是事先做了安排,所以到那个渡口时,有人就给他们提供了一条船。机帆船,开起来突突突地响,柴油机。两个姑娘有点兴奋,大呼小叫的。船在河面上急驶,原本平静的宽阔水面被船像犁地一样,划出一道很深的水道。船头劈波斩浪,激起了许多水花。飞溅的水花,溅到了她们的身上和脸上。贾雯雯眼睛里全是惊喜,她的身子有意地往于一心身上靠。于一心就用右臂扶着她,生怕她不慎摔倒。

大河的两岸都是农田，一望无际。里面偶尔有几户人家。有部分田块里还开着油菜花，一片金黄。天空辽阔。河道时宽时窄。有一些水鸟被惊起。

"好玩吧？从来也没有在河上这样畅快地开过。"老周说。

姑娘们都笑着承认。她们整天在车间里工作，像这样在宽阔的河面上急驶还是第一次。有一会，他们关掉了发动机，让船静静地停在水面上。

波浪逐渐平静。

大家猜测河水的深度。

老周说："小时候我一个猛子扎下去，能二十分钟不上来。我们在河里摸鱼，老鳖。"

她们露出吃惊的样子。

贾雯雯的女伴是个高个子，屁股很大。她在船上弯腰的时候，裤腰那里就露出一截白肉，老周的眼睛就不时地瞟来瞟去。贾雯雯时不时地帮她的衬衣往下扯扯，可是她喜欢不时地撩水。

老周胡侃神吹，问她们的年龄，有没有恋爱对象。贾雯雯就说她的女伴已经有了，女伴就笑着否认。贾雯雯坚持说她有了，说最近经常有个小伙子，瘦高个子，骑着自行车，每天晚上在厂门口等她。女伴就笑着回击说贾雯雯也有了。

"你胡说！"贾雯雯作势装着要撕她的嘴。女伴一边缩着脖子，用手挡着脸，作求饶状，一边说："有，你当然有。"

"在哪儿呢？"贾雯雯责问。

"就在这船上。"女伴笑着说。

"你瞎说，看我不撕了你的这张嘴。我要把你推到河里去。"

那女伴就夸张地尖叫起来，往于一心的身后躲。

大家都笑起来。

贾雯雯红了脸。

"对的，你们一定要在城里找。在城里找了，才能算是扎根了。"老周说。

"就像河边的草，它有根。木头比草要壮实，但它漂在水上，水一涨，它就漂走了。"老周说，"对了，小于你和老徐家的那个小徐，现在怎么样了？"

"你扯淡。"于一心想截住老周的话，"我和她不合适的。"

"文化馆的老徐，他家有个女儿，一心想嫁给小于呢。"老周笑着对她们说。

于一心后来看到贾雯雯就不说话了，她一直坐在船上，望着远处发愣。突然，她站了起来，一下就跳进了河里。于一心吓坏了。老周也吓了一跳。

她的那个女伴也吓坏了。

于一心一下就跳进了河里，使劲地抓住了她。老周和她的女伴七手八脚地把他们拉上来，看到他们的身上都湿透了。

这一幕发生得太突然，超出了所有人的想象。于一心不明白贾雯雯的反应为什么要那样激烈。老周有点尴尬，这时才意识到自己失言了。

"哎，怎么跳水呢，怎么跳水啊？这身湿了，要感冒的。"

贾雯雯不说话，漆黑的头发贴在她显得格外白皙的脸上。她紧紧地咬着嘴唇，眼睛谁也不看，双臂环抱着自己的身体。在她的脚下,水汪了一大摊。她显然还被呛了水,一直低声地咳着,小口地往脚下吐着水。于一心很想抱住她,可是手刚轻轻地一触她的肩膀,她就用力地挣脱了。事情显然尴尬得很,这一身湿湿地回去要是出现在很多人的眼里,一定会引起很大的轰动。但她显然不在乎了,豁出去了。

回去的路上,大家都沉默着。老周后来对于一心解释说,他其实是想通过这事来刺激贾雯雯,促使她下决心和他恋爱。没想到好心办坏了事。

"你把我害死了。"于一心生气地说。

贾雯雯恨死他了。

她觉得他是个十足的骗子。他过去说他找过她多次,她就不相信。完全没有理由,怎么可能一次都找不到她?说写的信,她也从没收过。而后来明明有人给他介绍了对象,却没向她坦白,这就更是欺骗了。

她觉得她的心被他伤透了,居然还是当着她的好朋友的面!

第二章

（1992年一）

1

这一年，于一心结婚了。

结婚的对象是老徐家的那个女儿，徐爱珍。

命运仿佛又一次捉弄了于一心。

于一心的心思全在贾雯雯的身上，他无法适应她在他心里的缺失。自那次游玩后，贾雯雯生了气，他还是努力地向她解释，尽管她是听不进去的。而且，她在努力地躲避他。他经常在厂门口等着她，却很少能等到。

感觉上缫丝厂已经不像原来那样红火了。下班时的女工潮明显是少了，据说是生产不太景气。除了减少工资外，还清退了一部分工作不太熟练的女工。其实也不止是缫丝厂，县里的许多企业都是这样。这里的人已经习惯了，半死不活的企业才是常态。

于一心记不得去过多少次。当他出差回来，最后一次来到缫丝厂里找她时，却听她的一个姐妹说，她离开了。她离开的原因，自然是工厂裁员。虽然她是一个熟练工，但她却因为是临时工性质，所以必须要被裁的。

"那她是回家了吗？"

"可能吧。不过也可能是出去了。"那个姑娘说，"好像听说她要出去打工，找事做。"

显然，贾雯雯走得很决绝，都没有和他打一声招呼。

于一心的心里很痛。就算是分手，她也应该和他做一次告别的。她应该知道他是爱她的。她对他有误解。就算她不喜欢他，也应该和他说一声，毕竟他们相爱过。她这样不告而别，心里得有多恨他呀？他是无法想象的。

他是苦闷的。

他还想去找她，去她的家里找。

他要当面和她说清楚。

"别去了，"老周劝他说，"她那样的脾气，你收不拢的。而且，就算你把她找到了，她也同意嫁给你，你们以后的日子怎么过？你养着她，这没问题。但她心里会踏实吗？"

"你还是死了这心思吧。"老周说。

"她在村里，嫁得也不会差的？说不定日子过得比你还好。"老周安慰着，"你就不要多想了。你还是在这里找一个妥当。"

于一心不甘心。

他给她写了信。贾雯雯说过她家的那个村子的。他希望她在收到他的信后，给他一个回复。他相信他寄出的信，不会再像寄到缫丝厂一样了，她一定是会收到的。

然而，一天天地过去了，她一点声音也没有。有一次朋友聚会，里面有个人是缫丝厂的办公室副主任，他倒是认得贾雯雯的。他说听厂里的谁说过，她真的出去了，到南方的城市里打工去了。

南方城市，光怪陆离，她这一去能不能回来也就不太好说了。

"是你什么人？"对方问。

"朋友，"于一心说，"普通朋友。"

"厂里好多都出去了。"对方说，"她们不肯回去的。到南方的城市里打工，肯定比回家种地强的。这些姑娘都很能吃苦的。"

于一心想，也许她真的可能就再不回来了。年轻姑娘和男人是不同的，她们虽然是随风飘的，但她们就像是蒲公英种子，更容易扎根。

她这一走，他就变得没了选择。

马老师推波助澜，力促于一心和徐爱珍赶紧结婚。徐爱珍的岁数也不小了，除了于一心，似乎没有更好的选择。好在她家知道于一心的情况，要求不高，只是在酒店里办了几桌饭，请了馆里的同事和文化局的领导，就算是结婚了。

于一心脸上很平静。他知道，有些话是不能讲的，必须埋在心里。也许，它会一直伴他到死。他知道，在别人眼里他这一段奋斗就算是成功了。没人理解这其中有多少是出于他内心的一种反抗。

他反抗的，正是他所有得到的。

2

结婚了，生活一下就平静了。

于一心有时会梦到自己还在大海上，梦到在船上，在大海上漂着。大海是那样广阔，天气恶劣，乌云密布，电闪雷鸣。有时他会看到海面自上而下有一根黑色的柱子，非常吓人。船上的人叫它"龙吸水"，其实就是海上龙卷风，能把海水吸到天上去。如果在那附近正好有渔船，那必定是难逃一死。

梦里的浪一点也不比现实里的浪逊色。多少次，他梦见滔天巨浪向他打来，劈头盖脸地把他灌透。每一个浪头掀过来都有好几层楼高。船在瞬间被大浪推到了高高的浪尖之上，浪峰是那样尖锐，锋利得就像一把长刀的刀刃。船站在了高高的浪尖上，可以俯视大海。当你还没回到神来，船又迅速地跌下来，四周的大浪成了高耸天际的水墙。船像是跌在了大海的海床上。他听到了船体发出的吱吱嘎嘎的声响，非常尖锐，随时都会解体的样子。那一刻，船根本就是不堪一击的，更不要说是船上的人了……

有一次他真的差点就没命了，一根缆索被风浪扯断了，手腕那样粗，居然被扯断了，炸出许多细小的断线。那断掉的缆索一端，直直地打在了他的身上，一下就把他打进了海里，就像是他平时向海里扔一条小鱼一样容易。在打出去的一刹那，他的大腿生生被船舷划出一道长血口。也就是幸亏被挡了一下，救了他一命。他没有被摔得很远。大家七手八脚地把他拉上来，他大腿上的鲜血不断地向外涌，很快船板上就流满了血水，殷红一片……

他当时的头脑里一片空白。

在汹涌的海水里他以为自己一定是死了，必死无疑。有那么一秒，他感觉是欣慰的，因为只有死可以摆脱掉烦恼和过去的耻辱。但他真是命大，被救上来了。在心里他很感谢船上的兄弟们，当时船上还在激烈地颠簸，每个人都是自身难保。但他们合力救了他，暂时没顾上自身的危险。

徐爱珍看到他腿上的那道长疤，问过是怎么回事，他说是在船上划下的。她就没再问下去。她是个粗心女人。在心理上，她对于一心还有一点点小优势。她认为她是城里人，而于一心却是农村上来的。服装厂很忙，她每天上班下班，蛮累的。相比较而言，于一心就要闲得太多。

在内心里，于一心有太多的遗憾。可是，他没有任何办法可以改变。他是多么地爱贾雯雯啊，但她却那样任性，拒绝他的一切解释。

她是一个很有性格的姑娘。

这一切都是命中注定的，于一心想。

日子过得快。

在县里，于一心也算是一个有头有脸的人物。别人见了他，都会叫一声"于老师"。

他变白了，变胖了。

一年后，他有了孩子，一个女孩。

过了一年多，徐爱珍又怀了，生了一个男孩。按理说他是只能生一个的，结果小女孩都一岁多了，徐爱珍又怀上了。徐爱珍是太闲了，所以就怀上了。她现在不像过去那样忙碌了。就在她生第一个孩子还在休产假的时候，服装厂倒闭了。

事情总是以出人意料的方式进行的。服装厂刚开始时还是县里的明星企业，生产红火得不行。然而，好好的企业说不行就不行。从原来的饱和生产，变成了吃不饱，订单越来越少。工人们从"三班倒"，变成了两班制。从两班制，又变成了一些车间关停。等徐爱珍休完了产假，居然就没班上了。什么时候上班？等通知。

谁都知道，事实上这通知永远也不会来了。

徐爱珍空虚得很。

一家三口就住在于一心的那个宿舍里。

原来于一心一个人住时还感觉不错，两个人时就已经有些郁闷了。当新生命到来时，这小屋子感觉就要爆炸了。不要说是于一心了，就是住在隔壁的老周都受不了了。女儿那时还没个名字呢，几个月大，一直哭。整夜整夜地哭，于一心被哭得心烦。徐爱珍不时地指挥他干这干那，他当然按着她的要求做。半夜里，他要不停地换尿布和冲奶粉。

虽然是辛苦的，但是于一心心里还是喜悦的。虽然他对徐爱珍说不上有什么喜欢，但他却喜欢这个小小的生命。女儿让他喜欢。他喜欢女儿的一切，小手，小脚，一切都那么可爱。他要爱到不行了，亲起来没个够。

地方实在是太小了。因为狭小，根本就转不开身。厨房是在平房宿舍的对面，只是一排窄窄的小隔间。于一心在里面做饭、烧菜。最难受的是冬夏两季。夏天热得不行，他在宿舍里几乎转不了身，到处是尿布和奶瓶什么的，坛坛罐罐。而徐爱珍和孩子在床上，占据了几乎一大半的空间。

他内心也有些烦躁。

在内心里他更多的是困惑，自己是如何走到这一步的。他对徐爱珍一点感情也没有，可是他却和她生了孩子，过起了家庭生活。

徐爱珍在新婚时还有些拘谨，可很快就像一只永远喂不饱的母兽。她不喜欢他到馆里去练琴，也不喜欢他去写什么曲子。他既然已经是馆里的工作人员了，每天上班下班，喝喝茶，看看报纸，打发时光就行了。她父亲这一辈子就这样过来的,一切都很好。在她看来于一心这样一心想成名成家的,多少有点不自量力。弹那些叫人听不太懂的音乐,还不如在家和她做爱实在。冬天里还好,夏天实在太热,她经常是半裸着,吓得于一心赶紧让她穿上,因为隔壁住着老周呢。可是,徐爱珍毫不介意。

尤其是晚上,她就喜欢光着屁股躺在床上,一边照看着孩子,一边看着电视。彩电是她娘家的陪嫁。电风扇在屋里摆动着,风声扫来扫去。她裸露的那丛阴毛就像海里的水草一样,瑟瑟发抖。

老周有时打趣于一心,说他在隔壁如何听到他们的房事声。其实老周真的不知道于一心在心里是多么不喜欢。他更多的只是一种应付。他不喜欢她的身体。她的皮肤是粗糙的,乳房像是没有发好的大麦面团,乳头黑黑的,就像是点在粗面团上的两颗黑桑葚。

徐爱珍不管的。既然结婚了,他就是她的男人,她可以理直气壮地要房事。这理走遍全世界,她都能评赢的。

于一心只有黑暗里才能完成他的任务。他从不开灯。尤其是有了女儿后,他不愿意做这样的事。女儿在襁褓里,睁着她黑黑的眼睛,好奇地打量着这个世界。就算是女儿睡着了,他内心里也还是有障碍。两人不免就会有争执。

"她这么小在边上怕什么?"徐爱珍觉得于一心简直迂腐得可笑,觉得他这纯粹就是不想和她行房的借口。她知道于一心和她结婚是勉强的,是不得已的。她也知道他的心里一定还惦记着那个叫贾雯雯的。可是,贾雯雯怎么可以和自己比呢?事实证明贾雯雯失败了,被工厂辞退了。

"你幸亏娶了我,"她时不时地这样说,"要不她现在被辞退了,你跟着她,还是她跟着你?"

"你现在不也没工作了?"

"那还是不一样的。"徐爱珍说,"小囡跟着我,至少是城市户口。要是跟着你,哼……"

于一心不愿意和她纠缠在这个问题上。有些女人是不可理喻的,他想。她和贾雯雯是不一样的。她颠倒了因果关系。

生活里会有许多错误,而很多人就是在错误里生活。于一心知道自己是在错误里生活的,而这样的生活就使得错误变成了一种生活的常态。

徐爱珍怀上了第二个孩子。

那次他带着徐爱珍去妇幼保健站时,正巧遇上了一个同学。那个同学过去和于一心并不是一个班,却是认识的。她在卫生局工作。

"生下吧。"女同学说,"反正她现在没事做。"

于一心说:"那怎么可以呢,政策不允许的。"女同学就笑了:"政策是政策,办法是办法。你要想生,我就给你一个指标。"他有些犹豫,徐爱珍的脸上却漾起了笑容。她的心活了。生二胎,这可不是每个人都有的特权。只有那些有门路的,才可能做到。现在这样的机会就摆在了眼前,怎么能拒绝呢?

"那太好了,谢谢你啊。"徐爱珍赶紧说。

于一心多少有些犹豫。

"明天上午你到县医院门口等我,"女同学说,"我们去弄个老大的残疾证明,这样你就可以顺理成章地生二胎了。"

徐爱珍的肚子一天天地圆鼓了起来。

而那段日子里,于一心终于得到了解放。徐爱珍住到了她父母家里。于一心多少又恢复了一点点过去的样子。他又可以抽空写点东西，但总是不能很好地进入情绪。直到儿子出生，他都没能再真正恢复到过去的状态。

一切都不是过去的样子了，他想。

3

社会在变革中。

邓小平南方讲话。

馆里的工作清闲、散漫。于一心上班除了弹琴，听陈丽丽唱歌，有时还会到放映厅里看看电影。电影是不对外公映的，是小李从局里要来的资料片，大多是外国电影。大门紧闭，窗帘拉严，大家在黑暗里紧盯着屏幕。这在过去都是属于需要被清除的资产阶级自由化的范畴。唯一被公开的，就是作为油画家的老赖在馆里搞了一场人体油画展，吸引来了不少的观众。展览了三天，来观看的人络绎不绝。

老赖成了一个红人。

老周去了省城，回来后兴奋得很，他在新华书店买了一套港版的《金瓶梅》，据说是凭了他的作家协会的会员证才买到的。木刻影印本，里面有春宫图。老周宝贝得不行，谢绝外借。于一心作为他的邻居，好友，也是半年多后才得以一阅。

让于一心想不到的是原来的文化馆长退休了，新来的馆长居然是赵广贵。于一心刚听到这个消息的时候，都有点不能相信。这个狗日的,怎么会调来文化馆呢?

消息最先是陈丽丽说的。她的消息来源是很准确的。她丈夫一年前从乡党委书记的任上调回了县里,当了财政局一把手。财政局是个肥缺,有权。有人说财政局局长有个外号,"二县长"。意思是不言自明的,除了县委书记和县长,财政局长的权力就相当于副县长了。

赵广贵在来文化馆前,已经调到县城了,在气象站当了一年多的副站长。副站长是个副职,到文化馆却是个正职。他很早在镇里就想调回县城的,因为他的家在县城,两个儿子也在县里工作。文化馆应该是他的最后一站,清闲,职级又是正职,他很满意。而且他自认为对群众文化不陌生,他最引以自豪的就是曾经在乡镇里搞过大型的国庆花车游行,场面浩大,气氛热烈。在他心里,那简直就是一个典范。

在于一心看来,赵广贵调到文化馆里,完全就是乱搞。但县里就这么大个地方,干部们前面已经轮动过好几次了。老的退去,新的上来。三番几次后,队伍就有些乱。可"乱"只是别人的感觉。但对组织而言,一切都在掌握中。

"你怕他个什么。"周作家安慰他说,"他来归他来,论资格,你比他还老呢。"

"不是怕他,是我看他这个鸟人,会气不顺。"

"那倒也不必,事情都过去这些年了。你也算是因祸得福嘛。"老周说,"要不是他整你,你现在哪能到文化馆工作呢?"

"话是这么个理。可是这人太恶劣了,一个流氓。"

"习惯就好了,"老周说,"他现在又不敢再对你耍流氓。"

"如果他敢再对你耍流氓,你就要反击他,你要比他更流氓。再说,我们都是艺术家,都是搞业务的人,一技在身,怕他做什么!"老周说。

于一心觉得他说得有理。

老周到底是作家,有时看问题就是比别人更深刻些。他们俩是整个文化系统里出名的、关系最铁的哥们。老周喜欢喝酒,而于一心是他最好的酒友。于一心其实酒量不大,也并不嗜好,但是他喜欢作陪,看老周一杯接一杯地往肚子里倒。老周的酒品好,你只需要陪着意思意思即可,他并不强求你和他一起。他的酒量大。而且,他需要说话,边喝边说。

他是一个话篓子。

于一心也喜欢听老周说话,天南海北,东扯西拉,各种胡说神侃。从国内大事,到海外风云。从上层的政治斗争,到县里的各种男女绯闻。

有了老周的支撑,于一心的确是有了不少的自信。他俩现在的确是个人物。在馆里,他们是唯一有稿费收入的人。穿着绿色邮递制服的投递员,每天上午骑着一辆永久牌自行车来发放馆里订阅的报纸,每个月总会有那么几次喊老周和于一心签字,领取汇款单。

稿费虽然不多,但却是一种成就的象征。也正因为有了稿费,所以他们常常喝酒。兴致好了,会去清河边上的小饭店里炒两个菜,对喝。更多的时候是老周把于一心叫进自己的单身宿舍里喝。一碟花生米,一盘凉拌菜,一大碗热汤。

就像老周预料的那样,赵广贵到馆里后对大家相当客气。看到于一心,完全没有半点的吃惊。好像于一心今天能在馆里工作,完全在他的预料之中。而且,他还摆出了一副礼贤下士的样子。看来他在到文化馆之前就已经对馆里的人员做了一番了解,想好了应有的姿态和对策。

"大音乐家,大音乐家。"他使劲地握着于一心的手。

"人才,人才。"他的笑声和过去一样响亮。

"我们算是老朋友了,"他说,"相当熟悉,相当熟悉。于老师当年就是一个非常优秀的人才,一个非常优秀的教师。"

于一心在心里直骂娘,把他的祖宗八代都操了一个底朝天。但是他也只能配合着笑。伸手不打笑脸人。事情过去这么多年,他的确也要展现一个胜利者的姿态出来。是的,虽然姓赵的现在成了他的领导,但胜利者却是自己。他用自己的实际行动,证明了自己的胜利。他没有被赵广贵打垮,他挺住了,还成功了!

他有实力!

姓赵的现在再怎么仇恨他,也不可能像当年一样使坏把他辞退回家了。到了这个层面上,他作为一个馆长的权力受到了许多限制。这限制,还是来自于于一心自己的力量。他是一个人才,是文化馆的知识精英,骨干。

"好,好,好。"赵馆长似乎有很多感慨,"没想到,我们又成了同事。"

于一心当然不会相信他这样的鬼话。

4

于一心时不时地会回到乡下去。

他在心里有一些满足,为了这平庸而安稳的生活。这样的生活似乎就是他过去追求的。村里人看到后一个个羡慕得不行,觉得他很成功。尤其是父母高兴得很。"这下好了,这下好了,一心,你这下脱离了农村了。"父亲感慨得不行,"这下你的子子孙孙,再不会在田里刨食了,好,太好了!"

是啊,两个孩子都是随了徐爱珍,成了县城里的户口。他们不会再做农民了。他们不需要种田,却可以吃上农民种出的最好的粮食。这个改变,多么不易啊!这是一次决定性的改变,颠覆性的改变。

儿子周岁的时候,于一心特意回到乡下,让父亲挨家挨户去送喜糖。中午办了五桌酒席,请村里的老人们吃宴。晚上,他和父亲、哥哥喝酒,三人都喝得有点醉了。父亲一直笑,露出缺掉的两颗门牙,鼻涕和眼泪都笑出来,也不知道擦一下。笑着笑着,父亲就又哭了。

他哭得很伤心。

伤心之下,他怀古了。

他说于家终于有了出息的后代,太好了。过去在村里,生产队里集体干活,辛苦种出来的粮食都供应给国家了,自己吃不饱,受罪。再穷再饿,也离不开这土地,离不开这村子。想出远门,那是不可能的。到县里,都是在生产队出证明的。证明你是一个好人。事实上你就被圈死了,你出生在一个地方,照着当时的形势,你祖祖辈辈也只能在这个地方,到死也不能离开。

"多亏现在国家的政策好,现在你想去哪里就去哪里,只要你有本事。"父亲说。

"是啊,是啊,他妈的,如今真是不一样了。"

"你知道那一年,我为什么要赶你走吗?"父亲问。

"为什么?"

"我怕你永远走不了啊。"父亲说,"你把人家大领导得罪了,万一人家要把你限制在村里,哪儿也不能去,你就完了啊。"

于一心说:"没那么严重的。"

"哼,"父亲不满他这样的态度,"你是没有经历过从前的形势啊。经历过了,你就不会这样说了。"

"那是,过去限制得死。现在改革开放了。"哥哥倒是很有感受,"你真是赶上了好时候。"

于一心告诉他们,现在赵广贵又成了他的领导,他们天天在一起,成了一个单位的人。

"你可千万不能再得罪他了。"父亲显然有些担心了。

于一心笑了,笑得很开心。

"他现在再也不能把我怎么样了。"他说,"他现在就是有心想整我,也不容易了。"

"你可别这样想,"父亲说,"人不能狂哩。天狂有雨,人狂有祸。"

哥哥说:"不要去惹事。你现在的日子多好啊!就算你那些考上大学的同学,也没有你现在舒坦啊。什么国家大事,什么谁谁谁,关你什么事啊?你过好你的日子就行了。"

于一心想:是啊,他们说的应该是有道理的。现在的自己,应该是满足的。和他当时想做一名代课教师相比,境遇已经有了很大的改变了。这乾坤旋转,谁能参透呢?如果说一定有什么美中不足,那就是和徐爱珍的结合。她不美,也没有才华。她就是一个走在大街里立即就会淹没在人群里的普通妇女,而且他对她没有任何感情可言。他忘不掉贾雯雯,但却不知道她现在过得怎么样,又在哪里。

也许他们这辈子再也见不着了,他想。

不满足的是老周。

老周想走了,到外面去。

"一定要离开这里,"老周说,"你不觉得在这里会被埋没掉吗?在这里他妈的无聊透了,早晚要被憋死。"

"一个艺术家,一定要走出去。走出去才能活。"老周有点瞧不上于一心这样的生活了。明明和徐爱珍过得那样没滋没味的,却还生了两个娃。天天盼星星盼月亮的,等着文化局能分一套房子,改善居住条件。但以他的条件,能分一套最小的,都是属于"恩赐"了。在这一点上,他对于一心是不满的。

老周要走的愿望很强烈,他甚至可以在分房方案公布前就离开。当然,他是有资格分到一套的,至少比于一心的资格更充足。

"邓小平南方讲话,有新精神,新动向。你看看这形势,风云诡谲,气象万千。"老周说,"你不觉得这样吗?他妈的老赵现在居然要你交代那年你在省里上街没有,这不就是想故意把你往死里整吗?"

"这个我不怕他的。"于一心说,"我又没参与什么,只是上街看热闹去了。"

"人心险恶的。"老周说,"不过现在看这样子,也整不到你的头上。形势不一样了。我要借着这个机会出去走走,大不了再回来。"

老周比于一心年岁要长,所以有一种紧迫感。虽然他过去写了不少小说,但基本上没有什么影响。而且这些年,他似乎是出现了创作上的"瓶颈"。于一心对文学界的事情了解不多,但平时听周作家说一些,知道文坛上风云变幻。

而周作家似乎是"落伍"了。

最让老周感慨的是,原来作为一个文化人的优越感没有了。原来他走在县里的大街上,好多人都认得他。走到商场里买东西要是没带钱,他把随身带着的那本棕褐色塑料封皮、烫着"作家协会会员证"金字的本本拿出来,营业员立即就会满脸堆笑。县委、县政府里的干部见到他,也都是很恭敬地叫他一声"周老师"。特别是有一些女崇拜者,从四十岁左右的妇女到高中女生,对他膜拜无比。

"文学的力量。"老周说,"现实文学直指人心,这是任何别的艺术都无法比拟的。"

于一心不得不承认,他在老周面前,虽然是同事,还是酒友,但老周在姿态上始终高他一头。过去单身时,于一心经常听到老周的房间里传来一些异样的动静,总是会有一些少妇或是年轻姑娘登门,向周作家请教文学。

"她们不搞文学的,也不懂文学。"老周说,"她们就是一种盲目的崇拜。"

其中有两三个长得是非常漂亮的,其中有一个姑娘长得有点像钱洁,娇小动人,皮肤白皙。老周当然喜欢和她们谈文学。没有什么比和美女谈文学,更愉快的事情了,连喝酒也比不上。没有美女谈文学,才选择喝酒的。

老周的个头虽然有些矮瘦,而且长着一双金鱼眼,但口才却是极好的。于一心那时候多少有些羡慕他,有时忍不住就会问他些私事。老周就神秘地笑着:"这种事很简单的,只要你说动了她,半小时就弄上床了。"

"有那么容易吗?"于一心有点半信半疑。

"老弟你真是不懂啊。"他说,"女人怕的就是男人的嘴巴不牢。她们来找我,为啥?不就是仰慕文学吗?可是,她们又读过多少小说?也就是上高中在课本里知道个'鲁郭茅巴老曹'。她们既不知道托尔斯泰、雨果、普希金、海明威,也不知道萨特、里尔克。她们就是贪图你是个文化人,想亲近你。过去'文化大革命'搞了那么些年,文化人和知识分子都被搞臭了。突然地,后来文化又香起来了,她们在心理上当然就亲近了。"

"我,包括你,我们在县里就是一流的艺术家。她们亲近我们,就是亲近艺术。她们身体没有屈服,心里已经屈服了。"老周说,"心里屈服了,屈服她们的肉体还不是一件很简单的事吗?"

于一心服了。

"可不要弄出什么事来。"他有些担心地说。

"许多事情你不懂啊,将来等你对婚姻厌倦了,许多事情你自然就会了。"

现在的于一心对婚姻真的也是厌倦了，同时他发现老周对现实也越来越不满意了。文学热这些年在迅速地消退，他走在大街上，人们向他致敬的少了。不知道是因为熟视了，还是他自身的魅力真的消失了。"千诗不值一囊钱。"这是他经常感叹的话。社会上越来越多的人下海经商。事实上这里已经远远落后于外面的世界了，省城的大机关里鼓励停薪留职好些年了，好多处长都下海，去海南，去广州。有人淘到金了，但更多的人却失败了。失败的，都已经又回到了机关。

老周经常去省里参加文学上的会议，他听到的消息大多是正面的好消息。某某作家去海南办公司了，做大了；某某作家开发房地产，当老板了；某某作家成立了影视公司，身边的美女如云……这许多的消息刺激着他。

"一定要走出去。走出去了，才能知道天地有多宽。"老周说。

老周劝说于一心出去还有一个原因，就是省群艺馆想把于一心调过去。于一心的音乐创作成绩在省里有了名气，群艺馆馆长是田野在大学时的学弟。有次于一心去省文化厅的文化干部学校培训，群艺馆的馆长就主动找到于一心，问他愿不愿意调到他那里去。于一心当时心里一动，这当然是件好事，他怎么可能不愿意呢？

可是，他的身份能行吗？

想到这里，他就犹豫了。

这件事情于一心闷在心里好长时间，没有对任何人说，连徐爱珍都不知道。后来终于还是忍不住对老周说了，老周兴奋得不行。

"他妈的，多好啊。太好了，你去的可是省城啊，别人一辈子都不可能的事，你却有这样的机会。一定要抓住。"老周一直是想往省里调的。他曾经想调到省里的一个刊物去当编辑，操作了很长时间，结果却没能办成。自己想去和人家单位主动要调你，这是截然不同的两件事。

"但……我这身份性质……可怕不行呢。"

"那倒是的，"老周的脸上又浮起一丝得意的神色，"你当时要是早点来，和我一批解决了就好了。"

"你可以和省馆的领导直说，摊开来说，把你的情况告诉他，说不定他们能有办法解决呢。他们毕竟是省里嘛，权力大，办事方便。"老周出主意说。

于一心想，这倒真的是个办法。

"我想走，出去看看。在这个鸟地方我也是待够了。"老周说，"先停薪留职一年试试嘛，一年不行就两年，两年不行就三年。你看这馆里死气沉沉的，真的没什么鸟意思。"

于一心相信老周是要来真的了。

他能理解老周的想法。

老周现在的影响不太好，从宣传部到文化局，对他都很有微词。有人说他和陈丽丽有暧昧关系。陈丽丽年轻时应该是很漂亮的，现在看来却有点憔悴。于一心有点不太相信老周还和她好上，因为来找他的女性都还是各有不同的姿色。

"你不懂了，"老周说，"你没看到陈丽丽有种林黛玉式的美吗？"

于一心心想，林黛玉是啥样的美呢？谁也不认识林黛玉啊。

"楚楚动人。"老周说，"睡上这样的女人，你多强大啊。那种感觉，一般人体会不到的。"

但后来陈丽丽的丈夫调回来了，他们的关系应该就是断了。女人一旦收心了，比男人忘情更快。而她的丈夫显然在施加影响，让老周在县里的处境变得有点尴尬。排挤他的理由就是他这些年来，没有新作品产生。这个借口其实是很可笑的，站不住脚的。文化馆里许多人一辈子什么成绩也没有，不是什么事也没有？一定要说他和别人的区别，就是当初他是以特殊人才的身份从乡村小学调上来的，而别人却是天生的干部。

但这是荒谬的！

于一心没有想到老周会走得那样迅速。他以为老周只是那样说说罢了，毕竟老周也说过不止一次了。真要走，不是还有各种手续要办吗？怎么也要拖个小半年啊。直到有一天他们几个人在办公室里侃大山，才知道老周真的走了。不过有一点老周是敲定了的，就是他走了，并不影响他的分房。

这是一件大实事。

5

馆里好像空缺了什么。

有段时间大家统一到一个大办公室里，集中办公。全省开展的第二次民间文艺的收集和整理，民间故事、谚语、歌谣，等等。

这是一项大工程，耗时漫长。好多年前曾经搞过一次，这次算是再整理。

于一心主要是负责民间小曲部分。本地没有什么民间小曲,所以各个乡镇文化站报上来的一些录音,基本都是地方戏的曲调。所以于一心只挑选了不到十首民歌,记录下了简谱,然后就压在抽屉里。

原来民间文学部分是老周负责的,那也是整个工程里最繁重的部分,陈丽丽和新分配的大学毕业生小马是他的助手。基层文化站报送上来的故事多得数不清,好多是麻袋装上来的,稿纸码起来堆在大办公室的一个墙角,有半人多高。过去老周经常是把那些稿纸分发给大家,遇到好玩的民间故事或是歌谣,就大声读出来,逗得大家乐不可支。

在搜集上来的那些民间故事里,大多数充满了迷信色彩鬼怪故事,或是下流的黄色笑话。不外乎是公公扒灰,叔嫂偷情,和尚和尼姑行奸。真正的神话故事,少之又少。而民谣里更是充满了艳情小调,什么《王二姐思春》《十八摸》《小二郎的小和尚》《洞房闹》《寡妇叹》……老周是个表演天才,他总是会从一堆废稿里把它们特意挑出来,然后用夸张的语调大声朗读,有时还有些肢体语言。他的大声朗读,把赵广贵都招了过来,津津有味地听着,也乐得大笑。甚至他后来每天上午都要来这个大办公室,转悠一番。

陈丽丽虽然孩子都已经读初中了,可是听到这些笑话依然会红脸,一脸的娇羞。每到这时,赵馆长的眼睛总会盯着她,口水几乎就要流出来了。于一心看在眼里,只当是看不见。这事和自己没关系。

赵广贵是想整于一心的,于一心自然是知道的。为了那年的事,他让于一心写情况说明,于一心照着事实写了。他甚至还专门去了一趟省里，到群艺馆去了解了当时于一心在学习班的情况。省文化厅后来有一份专门的关于所有学员的情况说明，肯定了大家的表现，"政治上可靠，立场坚定，有较高的思想觉悟"，这才粉碎了赵广贵的企图。

对于这件事，于一心也专门向文化局的领导汇报过。李局长皱着眉头，说："老赵这是胡搞。过去的事上面说得清楚就行了，和你没关系。这事要批评他的，他这样做是不对的！"

赵广贵后来有没有被批评，于一心不太清楚，但他在心里知道姓赵的太恶毒了！

于一心也看出来了，赵广贵虽然只是文化馆的馆长，但的确有很广泛的人脉。宣传部长、文化局长对他都很亲热，甚至是新上来的教育局局长有次还专门来馆里看他，说他离开教育口子是他们系统的一大损失。这让于一心听了，心里特别不爽。他妈的，这样的货色也能叫"损失"？

老周这一走，才真的叫"损失"。老周虽然喜欢看那些黄色故事和下流笑话，但他是识货的。所有的那些格调不高的，他都会毫不犹豫地"枪毙"掉。而那些看上去有些特色却又不雅的民间小故事或歌谣，尤其是有一些表现底层百姓智慧的，或是表现古代劳动人民日常生活，或是涉及地名传说与风俗情调的，他都谨慎地保留下来，再在文字上做些修饰，立即就不一样了。真就是"妙笔生花"，这是他的功夫。

经了老周的润色修改后，再由小马誊抄，然后复写纸一式三份，归档本馆和报送到县、市文化局。由于老周的存在，所以他们的工作尽管十分轻松，却是所有的县市里进度最快的，质量也最高。但这事是全省统筹的，所以他们尽可以拖延消耗。他这一走，没人接手了。陈丽丽向赵广贵建议由于一心接手，赵广贵不置可否。这对于一心来说，其实是求之不得的事情。每天他上午到大办公室来应个卯，泡上一杯茶，翻看一会儿当天刚到的报纸，抽两三根烟，和同事们吹吹牛，扯扯闲，基本也就是到了中午了。

下班回家吃饭后，睡上一觉，起来后到街上随便晃晃，或者到熟悉的朋友那里坐坐。这些年他在城里陆续结识了一些朋友，大多是县委或政府机关的。还有一些过去的高中同学，他们大学毕业后分配在县里，有的已经当上了股长，手里有了权力。

偶尔，于一心也会去幼儿园接送孩子。

于一心的日子过得逍遥。

于一心时不时地会想到老周，他过得怎么样？馆里人说他是去了省城，也有人说他去了海南。他们不太相信老周能经商，赚到大钱。半年多后，于一心收到了老周寄来的一封信，说他现在在海南的一个公司里，当副总。他在信里说了海南的种种繁荣，如何开放，歌舞厅、桑拿，各种，应有尽有。他在信的末尾，写了一个传呼机的号码，嘱咐说，要是到海南去玩，一定要找他。他会到机场迎接于一心，而且负责带于一心把整个海南岛玩个遍。

于一心很高兴，特地在办公室里把他的信拿给大家看。只有陈丽丽没有笑，半天，不紧不慢地说："谁会到海南去呢？他也就是假客气罢了。"

是啊，海南实在是太远了，对于他们所处的这个小县城来说，简直就是遥不可及。看得出来，她对老周有怨恨。

于一心心里也开始活泛了，他想着合适的时候他真的要到省城去一趟,到群艺馆去找一下馆长,坦白自己的现状。或许省群艺馆真的愿意调他,帮他解决实际困难呢。

毫无疑问,他现在的婚姻是出了问题,日子快要过不下去了。唯一让他放心不下的,就是两个孩子的归宿。

两个孩子一天天地大了。

让他想不到的是徐爱珍这样的人,居然也会有相好的。他不知道这件事是自己第一个发现的,还是外面的人其实早就传开,自己却是最后一个才知道的人。有一点是肯定的,这事是真的,否则不会有这样的风声。那个男人长得粗黑,在朝阳街上开了一个电器店。他真的不明白徐爱珍是看上了他哪一点。莫名其妙。

徐爱珍是不该走出这一步的,也许她是下岗后太闲了。对她下岗,他从没埋怨过什么。既然她没什么文化,下岗是再正常不过的。这几年里,县里的企业越来越多地出现了问题,就连化肥厂都要倒闭了。一方面,地方国营企业迅速地衰败了,另一方面出现了越来越多的个体经济。不必说那些最早一批的个体户了,即便是最早一批人从体制里跳出来,也有些年头了。毫无疑问,这些人都活得很好。

于一心有天在大街上突然遇到了贾雯雯的那个姐妹,就是曾经一起在船上游玩大灌河的姑娘。那姑娘变化蛮大的,脸上长满了雀斑。于一心当时都没注意到她,是她叫住了他。自然,她也早下岗了。她的家就是县城里的,所以下岗后就自己找点事做。她结婚了,和她的男人开了一个小店,对付着过日子。

"你有没有见过贾雯雯啊?"她问。

"没有。"于一心的心里不太自在。

她笑起来:"真的?你们再没联系过?"

"真的。"于一心说,"我找过她好多次,也给她写过好多信,都没回。后来听说她出去了?到外地打工?"

"她前一阵还回来了,"她有点调皮地看着他,"现在可不一样了。变化大了!"

"她……好吗?"他犹豫着,问道。

"好啊,她好得很。"她语气里有抑制不住的兴奋,"她现在发财了,发大了。"

"真的吗?"他真的惊奇了。怎么会?如果是真的,他是多么高兴啊。是的,他为她高兴,太为她高兴了。

"当然真的。她很能干。她在温州那边做小生意,倒腾服装,可有钱了。"她说,"一年挣的比在厂里十年的都要多,就是人辛苦。"

但这是值得的,他想。她是一个特别的姑娘,内心里有一股狠劲,他没看错。所以,从另一个角度看,她被缫丝厂辞退了,走出去,却是一件极好的事。在外面打工的姑娘多了,但像她这样的,应该是非常少有的。

"你有她的联系方式吗?"他脱口而出。话出口,就有些后悔了。是的,他是多么地想要和她联系啊。可是,联系上了又能怎么样呢?最最关键的,是她不一定愿意搭理他。这一晃好几年过去了,她心里的恨还在吗?

应该是在的。

如果她已经消气了,她为什么不理他呢?她应该是消气的,毕竟她现在的生活风光多了。比他也风光多了。现在谁能挣到大钱,谁风光。

"下次吧,"她说,"下次等她再回来,我喊你。"

"她经常回的。"她说。

是的,他想,毕竟她的父母还在老家呢。她经常回来,可是这几年里却从没和他联系。她把他完全从她的生活里剔除了。她至于要那样恨他吗?也许他们从此就是路人了,他想,再不可能相见。或者,见了,也是淡得很,再不可能有所交集。命运就是这样无情,阴错阳差。

他心里有痛。

6

日子一天天的流淌,就像文化馆边上的那条小河。

于一心在县里红了。

他的一首歌意外地被一个著名女歌唱家看中了,唱红了。

一方面是那个女歌唱家非常有名,她的每一首歌曲几乎都能被传唱。另一方面是于一心编的曲调旋律优美,歌词也美。歌词也是他自己写的,发表时被编辑改动了其中的两句。但于一心认为改得非常合理,词性更活了,更顺口,也更优美。一段时间,中央人民广播电台经常播放《海的诗》。旋律美,词也美,女歌唱家的声音更美,可以说是传遍了长城内外,大江南北。县里专门为他开了庆功会,宣传部周部长、文化局李局长,都夸他是县里文化界的骄傲。他们希望他多为本县写歌,为县剧团写点戏曲音乐,合适的时候可以为县里写一首县歌。

于一心自然是积极表态,这是组织上的信任。

让于一心有些不爽的是,这么长时间以来,他的身份一直没转换。光是户口,他就跑了公安局和粮食局不下五十次。他把自己的户口从老家的村里迁出来,凭着县里分配的指标,到公安局办理。公安局看了文化局的介绍信,说他和别的分配指标不一样,他是属于人才指标,需要分批办理。跑了十多次公安局,托了熟人去说情。光是请主管的副局长吃饭,就吃了不下三次。副局长签了字,送到了户政股,又卡住了。户政股长说,当时应该随着县镇户口扩容一起解决,为什么现在才办理呢?说是人才指标,文件呢?这至少需要市局同意才行。虽然有县局领导的批示,他也不能同意。

"出了事,是我担责任,还是局长担责?"股长说得理直气壮。

事情就这样被莫名其妙地拖下来。直到这首歌被传唱,成了红人,才终于拿到了落户指标。他兴冲冲地到城东分局办手续,分局让他到粮食局去开具商品粮供应证明。到了粮食局,粮食局说他从乡下调来时就没有粮油关系证明,他们怎么好出商品粮供应证明呢?这是违反国家政策的。粮食局的态度恶劣不说,还把他奚落了一顿。

他去找了李局长。

李局长又去找了主管文教的副县长。副县长发了话,才终于解决了。

"不管怎么说,那也总算是办下来了。"徐爱珍说。

能办下来,当然是因为于一心现在红火了。

他是真正意义上的名人了。

当然，他还是有缺憾的。馆里一直也还是没能把他转成像老周那样的正式干部的身份，他依然是"以工代干"。当时的馆长倒是一直向局里争取的，局里也一直表示要解决这个问题，可一直拖着。拖的原因是涉及面太广了。老周当时的情况比较特殊，是县委书记拍板解决的，所以操作起来就比较顺当。而这些年来，文化系统有一批需要解决。基层文化站的、县剧团、电影院、新华书店……更何况现在是赵广贵当家，他是不可能热心推动这件事的。

于一心只能是暂时认了。

第三章
（1998年一）

1

于一心这时想走了，想调到省群艺馆。

他对现状是不满的。

单位里怠慢他是一方面，婚姻上的不如意也是一方面。他感觉现实让他有点透不过气来。他需要一次巨大的改变。贾雯雯都可以闯出一片新天地，他怎么就不能改变呢？是的，贾雯雯曾经是敬佩他的，但现在她又成了他的偶像。

老周现在倒是不鼓励他出去了。

老周在外面兜了一圈，就在1997年香港回归的前一个月回来了。他是回来拿福利房的钥匙的，拿了之后却再没走。他分到的房子居然比于一心的还要大，和馆长是一个级别的，这让他分外满意。

在外晃了那么多年，在外人看来，他几乎是一无所获。据他自己说，他在报社里当过记者，在文化公司里当过老总，还干过房地产，炒过股。发过财，而且是大财，只是最近又栽了。他不承认自己失败了，因为他风光过，辉煌过。他说他在海南过的日子，别人是无法想象的。他整天就是和钱、美女、酒打交道。一个人能做到这样,还能叫失败?而且,他拿到了房子,这分明是胜利。

"现在你要知道,必须把领导搞搞好。"老周推心置腹地对于一心说,"局里的主要领导,你懂的,必须要意思意思的。"

"你真的想走?别走了,走啥呀。"听说于一心想要调走,老周劝他说,"别走了,就这样混着也挺好的。"

但于一心的心已经动了。

如果说从国家开始恢复高考时开始,预示着一个旧时代的终结,迎来了一个新时代。而这一年随着邓小平同志的去世,则是预示着自毛泽东时代以来的大政治彻底地结束。人们更重视经济的发展,注重改善日常生活。城市的变化比乡村更迅速,越来越有活力,也越来越吸引人。城市里有更大的空间,更多的机会。

群艺馆的秦馆长,是一心想把于一心调过去的。对于一心的个人情况,秦馆长了解得并不多。但他欣赏于一心的才华,知道他是完全靠自学取得这样的音乐成就,这是相当不易的。馆里缺少他这样的优秀人才。最初他知道于一心的这个名字时,还是田野老师向他推荐的,后来他在一些音乐刊物上不时看到于一心的作品。除了那首脍炙人口的《海的诗》,还有《在广阔的星空下》《春风》《改革路上》,都相当不错。对于要把于一心调到馆里来,并不是他一时的动念。他在征求于一心的意见之前,专门向省文化厅的分管副厅长说过这事。而于一心迟迟不表态,他以为于一心是考虑到县里的家庭。他的妻子是下岗工人,户口可以随迁,但进城后的工作是解决不了。

于一心当时没有马上答应,是放心不下孩子。孩子太小了。在这方面，他远不如老周。老周是个看得开的人。这么些年，他拒绝把老婆孩子弄到身边。不接老婆，于一心倒是可以理解，但不接孩子就不可思议了。

老周调到县城工作的时候，儿子在乡下上初中。乡里的初中怎么能和县城的比呢？这些年里，县里对中学是下大力气抓的，高中的大学录取率越来越高。尤其是近年，几乎年年都有人考上北大、清华、人大，至于本省或是省外的普通大学，更是常见了。于一心劝过老周多次，让他把儿子弄进县中来读书。可是，老周就是不为所动。

"凭他自己的本事，老子当年在农村，也不过就是凭自己。"老周说。

"时代不一样了，你现在有这个条件，为什么不用呢？"

"我是搞不动这事的。"老周说。

"扯淡吧，说你老周搞太大的事不好说，搞这种事对你就是小菜一碟的。"

老周真的就是这样不管不顾的，停薪留职的事说办就办，毫不犹豫地就走了，完全不考虑他儿子的高考。不过也许他儿子的成绩，不值得他费心？

除了孩子的事，于一心也顾虑自己的身份。内心里反复地煎熬后，他觉得还是应该去一趟省城，干脆找秦馆长把所有的顾虑都和盘托出。尤其是在和徐爱珍爆发了一场激烈的争吵后，他觉得真的不能拖下去了。

徐爱珍做得越来越过分了，完全不考虑社会影响。在她的眼里，于一心没有任何的亮点。他的才华对她而言没有任何用处。她当时同意嫁给他,只是因为他调在文化馆里当创作员。可是,这么多年过去了,却还是"以工代干"。他有什么值得骄傲的呢?要是真有才华,为什么连个干部身份都解决不了呢?要说写了歌,被人唱红了。可是,真正红的是人家女歌唱家,谁会记得是谁作的词曲?她照样去那个男人的店里,有事没事的,像二太太一样,直到有一天和那人的老婆打了起来。

"你要是这样,我们还是离了好。"于一心说。

就这一句,让徐爱珍立即就爆发了。

2

为了于一心的调动,秦馆长真的是费了很大的心思。

当他听说一心还是"以工代干"的身份时,吃了一惊。

"按说你这样的创作人才,县里早应该解决。"他说。

"现在调动要等指标的,但这不是问题,只是时间问题。现在最大的问题是,你的干部身份问题。这里是没法解决的,必须要先从源头上解决。在县里好解决。县里解决好了,你调动就很方便了。一张调令,随时能开。"

于一心知道这个道理。

"回去解决有困难吗?"秦馆长问。

看到于一心有些犹豫,秦馆长说:"只要你那边一解决,我这里立即开调令。"

"好,我会争取。"

秦馆长看出他信心不足,说:"这样,你回县里后,先去一趟市里,找一下市局的何局长。我今天就给他打电话,把我的想法告诉他,请他帮忙解决。但这事你必须要亲自找他一趟,表现你的诚意。这样我们一起努力,好不好?"

于一心对秦馆长真是感谢得很。

"不谢。"秦馆长说,"田野老师一直很欣赏你。你在县里当然可以创作,但到了省里,眼界啊,接触的人啊,平台啊,都是不一样的。你是可以成为一流的优秀音乐家的。"

"人才第一,人才第一。"秦馆长说。

于一心回来后的第三天,赶紧去了市文化局,找到了何局长。何局长是个副局长,在局里排名第三。何局长一见到于一心,就热情得很。他当然是熟悉于一心的名字的,虽然过去没有多少接触,但他知道于一心是个很著名的作曲家。在一个县里,能有这样的人才当然是非常不简单。

"啊,知道的,知道的。"何局长还亲自为于一心泡了一杯茶,"省群艺馆的秦馆长给我打过电话,说了你的情况。你这个情况呢,的确是个问题。怎么会这样呢?按理应该早解决了。"

"你和你们馆里老周的情况呢,的确不太一样。老周是个作家,他是你们县委书记拍板直接解决的。你是去得比他晚,对吧?之后像你这样的,的确有不少呢,从全市的文化系统来说,有一批。有不少是优秀人才。过去省厅是有一个解决办法的,就是通过考试,这个你知道的吧?参加文化干部学校的考试,考上了,就是正式的国家干部。

"对的,也有名额限制,必须符合一定条件,要求在基层文化单位工作过多少年。你这个情况肯定是符合的。原来是每两年招一次，这两年又停了。"

于一心对他所说的这些，当然是清楚不过的。如果没有问题，于一心就不会来找他了。

"这样，你的事我知道了。"何局长说，"我回头给你们李局长打个电话，问问这事到底怎么办。你能调到省里，当然是好事。虽然说是我们市文化系统的一大损失，但毕竟是省群艺馆嘛。我们一起努力，一起想办法把这事解决掉！"

于一心心里挺温暖的，他觉得这个事情真的可能要有转机了。

等候真的是漫长的。

谁想这一等，就是一年。

秦馆长也按捺不住了。

第二年秋天，秦馆长特意从省城赶来。陪同他一起来的还有市文化局的何局长、群众文化处的吴处长、市局办的朱主任。他们到了文化馆，在馆长办公室里谈了好长时间。

大家相信于一心这次调动一定能实现了。于一心在办公室里很忐忑，因为他的干部身份依然没有解决。但秦馆长他们的到来，肯定是好事，一定有利于这事的尽快解决。就算是真解决不了，他也不遗憾了。毕竟秦馆长真的尽力了。

"哎呀，老于，你真的要调走了。"陈丽丽那天一副很神秘的样子。

"不会吧？我到现在身份还没解决呢。"

"告诉你，省群艺馆真的是下决心了，而且就算这里不解决，他们也要以工人身份调。"

"怎么会……"

"你傻吗?这是现在最可行的办法。只要调去,他们再重新聘用呢,一样的。"陈丽丽说,"虽然是费了周折,但结果却是一样的。"

"你怎么知道?"

陈丽丽说:"要请客啊,要请客。"

于一心真的蛮高兴的。他终于要离开这个鸟地方了,真是受够了。他需要考虑的就是以后怎么照顾好孩子。他不能让他们受自己调动和离婚的影响。调动是第一步,离婚是第二步。他要让两个孩子都能好好地读书,将来考进大学。

秦馆长一行临离开时,特地和于一心见了面。秦馆长握着他的手说:"你要感谢市里的领导,感谢局里的领导。"

"是的,是的,那是一定的。"于一心知道事情有了重大的转机。

周围人的脸上,也都挂着笑。

于一心感觉自己整个身体要飞起来了。

3

于一心不记得自己究竟度过了多少个不眠之夜。

他陷入无尽的焦虑的泥淖。

他知道他要想摆脱这婚姻的苦闷,就必须调走。是的,他现在盼着调走已经不是调动本身的问题了,而是和他的婚姻联系在一起的。他能料定到她是不愿意离婚的,但其实她既然看上那个男人,她为什么不愿意呢?他愿意放弃一切,除了两个孩子。是的,他宁愿把所有的财产全交给她,然后他独自带着两个孩子过。他不能把于小荷和于新桐交给她。她教育不好孩子的。

如果她不愿意离婚,他至少也要先调走再说。调走是第一步,他要先摆脱她,之后也许她会接受这样的现实。既然他们过得如此不幸,为什么要死撑呢?很多时间他不愿意和她发生冲突,因为每次发生冲突,孩子都吓哭了。孩子一哭,于一心的心就软了。而徐爱珍仿佛看准了,这是他的软肋,就越发胡搅蛮缠。每次都痛打他的软肋,毫不手软。

失败的当然是他。

这样的冲突,每过一段时间就会发生一次。她完全是个蛮不讲理的泼妇了。他真的想不通,岳父老徐过去在文化馆里虽然没有什么才能,但到底也是和文化沾边的,待人也礼貌,怎么会有这样的一个女儿?

她在外面的影响太恶劣了,于一心感觉到了非解决不可的地步了。他被生活里的许多东西束缚了,他要挣脱,他要反抗。他在她的眼里远不如那个开店的粗俗男人。那个粗俗男人才正对她的口味。可是,那个符合她口味的男人却不会和她结婚的。对这一点,她心里清楚得很。所以,她是不会和于一心离婚的。轧姘头和离婚,这是两件不同的事情,她是分得清的。对于于一心的所作所为,她都看在眼里。当于一心那个晚上告诉她,关于他的调令已经从省城发出了,她一声也没吭。

而第二天早晨,于一心把孩子们送到学校上学,就坐车回村里的老家了,他要和父母们做一次短暂的告别。

那个早晨的雾很大。

当馆员们一个个悠闲地晃着小步,进入办公室的长廊时,徐爱珍就开始拉长了腔调,哭起来。

大家都吃了一惊。

他们围上去,惊问出了什么事。徐爱珍就眼泪一把鼻涕一把地呼天抢地,说于一心在家是如何地欺负她,虐待她。他在省城里有相好的,想调到省城去,和她离婚。

"于一心哪有什么相好的?"老周是第一个反驳她的。

"是他的老相好欸,就是缫丝厂的什么烂女人,现在发大财了。"徐爱珍哭诉着,"他看上人家有钱了,要去傍富婆。"

"哪有那么容易傍的?"油画家老赖就笑了。

他是不相信的,觉得这个女人自己做了错事,反要倒打一耙。

"那个姑娘现在也早嫁人了啊,怎么就等他去傍呢?"陈丽丽说。

馆长赵广贵对发生的一切早就看到了。那天他是第一个上班的,因为早饭吃得早,他的一个儿子要早早上班。他两个儿子,大儿子在厂里是个中层干部,工作积极得很。另一个儿子在外地读大学。他手里端着茶杯,臂下夹着几份材料,正以神仙一样逍遥的步子一摇三晃向办公区走时,远远就看见了徐爱珍正守候在他的办公室门口。他不由得就收紧了脚步。茶杯是开会时发的纪念品,看上去比较高级,里面泡着枸杞、西洋参片。杯子有点烫手。那是他老婆刚刚为他泡上的。多年来,老婆已经养成了习惯,把他当老爷一样地侍候着,每天早晨都要亲自为他泡一杯养生茶。到他这样年纪了，需要注意养生了，也要讲究一些生活品格。毕竟他是一馆之长，说话、做事，包括平时喝的茶，都要和普通的馆员有所区别。领导和一般普通人区别在哪儿？往往就是体现在一些很小的细节上。

他夫人虽然也是从农村随着他调上来的，现在在邮电局工作，但到底和徐爱珍这样的女人是不一样的。做了多年的镇文教委员夫人，很注意保护自己的男人。徐爱珍找他什么事呢？当然不会是好事。他不会独自去面对一个女人的，他想。他不由得肛门一紧，一眼瞥到院子一侧的那个公共厕所，赶紧就钻了进去。

正拉得酣畅淋漓时，他就听到了徐爱珍的哭声以及围着她的人的议论。他竖着耳朵，听得也有八九分真。事情都清楚了，于一心要当陈世美。他过去在镇中心小学就做过一次嘛，把村里的一个农村姑娘甩了。现在又要甩徐爱珍，这是不行的。他们不仅是夫妻，还有两个孩子呢。本来按照国家政策规定，他只能生一个，结果他居然做假，生了二胎。这要较真，是要开除公职的。在农村，谁家敢生二胎，就要扒房子卖粮，要罚得他们倾家荡产，抓住了还得强行流产，结扎。于一心你是文化馆的干部呢，怎么能明目张胆地干这种违反国家大政方针的事？

听得够了，他撕了其中的一份看上去无关紧要的材料擦了屁股，这才又端着茶杯出来。大家一见到他，也就感觉放心的样子——这事到底是由领导来处理了。

赵广贵把徐爱珍让进了办公室，两人到底说了什么，外人不知道。只知道徐爱珍后来不哭了，走了。

到了中午，赵广贵接到了李局长的电话，问他怎么回事，他说他并不知道具体情况，但是于一心不把家庭问题处理好，还影响到馆里的工作，肯定是要批评的。虽然是夫妻间的事，但影响的却是文化馆的形象。一个全县最重要的文化单位，精神文明的重要窗口，作为一名干部（虽然是以工代干，那也是干部嘛）在外乱搞男女关系，还要离婚，实在是不像话。

赵广贵心里已经想好了，他是不可能放于一心走的，而且，不需要自己动手。

4

文化馆路边的那条小河的垂柳，绿了黄，黄了又绿。三年多过去了，于一心还在县文化馆里上班、下班。

熟悉和不太熟悉于一心的人，都知道他曾经有一个机会要调到省城去，结果却没办成。许多人为他感到遗憾。在这个县城里，能有几个人会被省里看中要调去的呢？于一心似乎在省里有些领导的眼里，比在县文化局领导的眼里更重要。没成功的原因据说是他的老婆在馆里领导那里闹了，扬言说如果馆里哪个领导敢盖公章，她就要找谁拼命。馆里的领导自然就不敢答应。

于一心最清楚了，这事最关键的障碍就是馆长赵广贵使了坏。不得不说，他这坏使得极为高明。因为这事，于一心和赵广贵的矛盾公开化了。他去过赵广贵的办公室，把赵广贵办公室的玻璃台板都砸了。两人大吵了一场。过去整他也就算了，毕竟自己是签字的。后来赵广贵以那场政治风波为由想整他，他也还是忍了。但现在赵广贵居然挑动徐爱珍，他不能忍。

赵广贵向局里告状了，说于一心砸了他的办公室。局里的人也都知道了，但却并没有来人批评于一心。现在的于一心，不是当年的于一心。但局里的人也认为在这件事上，赵广贵并没有什么过错。徐爱珍多次到馆长办公室，扬言说如果文化馆敢盖公章，同意放人，她就要喝药水自杀。

"我是不敢盖这个章的，谁要盖，谁负责。"赵广贵说，"要是文化局的李局长盖，也行，反正我不盖。"

"或者，把我这馆长撤了。我不干了。"

这就是赵广贵的毒辣处，于一心想。

这真是命吗？有时他想到老周说的话。也许吧，他想。但他不想认命。他是认过命的，高考失败了三次，他回村，认命了。小学代课，辞退，他认命了。在海上，他也认命了。

他现在还要认命吗？

于一心杀人的心都有了，第一个想要杀掉的就是赵广贵，然后才是徐爱珍。

调动就这样泡汤了，秦馆长也很无奈。于一心内心里是很愧疚的，觉得特别对不起秦馆长，自然也有愧于田野老师。

"算了，也别往心里去，以后有机会再说吧。"秦馆长在电话里还这样安慰他。

于一心知道，所谓的"以后"，是再也不可能了。他所能做的，就是把心思用在孩子们的身上，放在他们的功课上。女儿还很小，他就对她灌输要好好学习，将来一定要考上大学。

"成绩好，将来才能考上大学。"他说，"爸爸当年就是因为条件所限,没能考上大学,吃了很多的亏,吃了很多苦头。你一定要现在就努力,基础一定要打好。"

所幸的是女儿的成绩非常好,在县里的实验小学排名很前。他是真心付出的。很多个晚上,他在台灯下陪着女儿一起写作业。他想这样也好,如果他调动成功了,要是离开女儿,她的成绩会受影响。为了两个孩子,他也还是可以舍弃自己的"前程"的。他要好好地对待孩子们的教育问题,不仅要负责把女儿送上大学,还要把儿子也送进去。

"没考上大学,是我一辈子的遗憾啊,你们不能有这个遗憾。"于一心说,"你们一定要考上大学,为爸爸争光。"

5

日子像流水一样。

于一心没有想到他能再见到贾雯雯。而事实上见了她,他心里也并没有太多的意外。他们是在街头突然遇到的,她的怀里抱着一个婴儿。婴儿在她的怀里咿咿呀呀的。她有点小变化,就是头发剪得很短。他们遇见时,都有点发愣。可也就是一秒的时间,他叫了她。

她礼貌地笑笑。

她在等她的女友。她们一起约了逛街的。女友在商场里买了一件东西,出门了,觉得不合适,又回去退换,大概是遇上了阻力。在这个时候遇上他,正好减缓了她等待的压力。

他说她有点变了,头发短了。她笑笑,说剪短了利索,小孩子喜欢用手拽她的头发。她比过去更白了些,脸上现出幸福的笑容。

"挺好的!这孩子长得像你呢。"

他看到那个婴儿长着一对漂亮的大眼睛。

"还好。"她说。

她的丈夫就是原来在缫丝厂里一直穷追她的青工。她这些年在外挣了一些钱,但她的父母却不愿意她在外面那样辛苦。因此,他们不断地催促她回来。一次回来和同厂的人聚在一起,又遇上了他。当他得知她还没有出嫁时,就继续死缠烂打,甚至一直追随她,去了南方,不依不饶的。这样持续了有大半年,于是他们就结婚了。

结婚了,她父母的心里就踏实了。因为她对温州那边比较熟悉,所以她的丈夫也就跟了过去,和她一起做事。她带着他,让他对她过去的生意慢慢熟悉了起来。虽然他开始还显得有些笨拙,有时也急躁,但男人到底还是不一样的,他胆子更大。

有时一个时机看准了,就是要靠赌了。

她承认她男人的赌性比她大。而在后来的几次生意决策时,他差不多都能赌对。这方面他的运气似乎比她还要好。因为他的好运气,所以她男人的本色就露出来了。他要当家了。她是愿意他当家的。尤其是有了孩子后,她索性就让他独当一面了。

女人有了孩子后,心态一点点就变化了。说到底,她内心里还是相当传统的。

他听了默然。她其实应该有更广阔的天地,既然在外面已经打拼得那样好,为什么又要选择原来的那个人呢?当然,也许她是满足的，幸福的。至少从她现在的情形来看，要比选择自己更正确。他会什么呢？用世俗的眼光看，他在文化馆里也就只有一个虚名罢了，根本不实惠。她现在的丈夫是能干的，而且对她极为忠心。

也许，她得到了她想要得到的幸福。

"你呢？你还好吗？"她问。

"还好，"他说，"就那样。"

是的，他不想告诉她那些不愉快的事。

"你现在应该……全解决了吧？"她问。

"什么？"

"转干啊。"

他有些惭愧地笑一下："嗨，那算什么，不值得提。"

这个话题多么无聊，他想。这也是一个尴尬的话题，让他蒙羞的话题。的确，他是终于转成了，可是这里有他太多的无奈与不平。她是不知道他内心的苦痛的。为了这些，他付出得太多。这付出，更多的是心理上的。为了解决这个问题，他经历了许多的焦虑，一直在反抗，在挣扎。是的，他终于好不容易在人缝里挤上了体制里的这一列火车，从站票，又换上了坐票。

他应该踏实了。

"那就是你的目标啊。"她笑着说，"挺好的，不容易。"

他们就那样在街上站着，聊了好一会儿，谁也不提过去的事，就像从来也没有发生过一样。他们都在努力地回避过去。

过去就像茫茫大海上驶过的一条巨轮，无声无息，一去不返。

第四章
（2000年—）

1

时光无声。

更大的巨轮驶来，停泊在人们的面前。转眼跨入了21世纪，2000年，突然让人感觉有点不习惯，有一种压迫感。于一心开始写信时，总会把2000，还习惯写成199□。往往写到最后那个数字才意识到错了。

2000年被称为千禧之年。

前一年人们还有一种末世的恐慌。什么玛雅人预言，诺查丹玛斯预言，都是说地球要毁灭了，人类要灭亡了。1999，一旦跳到2000，意味着什么呢？谁也不知道明天会发生什么。当1999年顺利度过，迈进了2000年，人们一下又觉得新的一页这才开始。哪有什么末世的危机？

新世纪的来临，未来的生活又是什么样子呢？于一心不知道。

尤其是县城里的人们，每天生活忙碌得很，又安定得很。县政府大院的门口，经常有工人围堵闹事，因为工厂倒闭。全国各地好像开启了倒闭模式似的，许多企业纷纷破产，就连曾经非常红火的纺织厂也准备抵押给个人。国有企业的改革，雷声滚滚。人们哀叹，却无可奈何。企业不景气，必须痛下杀手，重新激发市场的活力。

文化馆里风平浪静。

但于一心和馆长赵广贵的矛盾公开化，整个文化系统的人都知道。他们见面互相不问候。于一心从不叫他馆长，和别人说起他时只用"那个老浑蛋"或者"那个狗日的"来替代。大家也都知道他的怨恨，只是一笑了之。

于一心的心情不好。

这一年，他的母亲去世了。这是他的伤心之年。算起来，他母亲的年龄并不大。原来身体就不太好，后来发现肾有问题，再后来是肺上也有了问题。他把她接到县医院治疗了一段时间，每次都是三五天。他父亲有些心疼钱，每次检查一下都是一笔不小的费用。而所有的费用，都是于一心一个人承担的。哥哥一家都出去打工了，在南方。

"别治了。"父亲嘟囔说。

于一心对父亲这一点非常愤怒。为什么不治了？不就是钱吗？他虽然没有太多的钱，但他会尽力的。可是他父亲却心疼每一分钱，并顽固地认为反正是治不好的，又不是公家人可以报销费用。人是终有一死的，何必把钱扔进水里呢？

农村的日子和过去有点不太一样了，经过了最初的能吃饱饭的幸福感后，农村人的经济收入在下降。村里要向乡里缴纳各种杂税。父母的年纪虽然大了，但税赋是必须缴的。于一心也知道父亲是节省的，但他不能忍受父亲对母亲的节省。

但明显地,每来一次,他母亲的情况就差一次。母亲最后一次来检查时,已经是不能说话了。要是照着于一心的意思,就应该在医院里继续抢救,说不定还是有机会缓过去,但她可能真的感觉到自己不行了,或者说她担心死在医院里,不断地打着手势,要求回家。她一直拉着他的手,眼睛看着他,希望她能点头同意让她回去。于一心成了阻碍她回家的人。

农村人,迷信。说人老了,必须要死在自己的家里,不能死在医院里。"为什么要回去呢?这还在治疗呢。那些中央首长,最后不都是在医院里抢救到最后吗?他们谁死在家里的?"于一心着急了,坚决反对。"人家是人家,你妈是农村人哩,怎么能和人家比呢。"父亲哆嗦着。而妈妈手势做得那样无力,却还在表示要回家,只有回家,躺在自己睡过的旧木床上死,那才死得安心。

于一心最后屈服了。

回去以后,妈妈却继续昏睡着,不吃不喝的,偶尔看到他,却认不出他是谁了。于一心守在她床前帮她翻身,擦身,喂水,换洗尿布。在他服侍老人的二十多天里,他几乎没有好好休息过。徐爱珍没有回来过。他不想要她回来,再说,她需要负责在家的孩子们的生活。孩子们一直没回来,是于一心不让回。女儿功课紧,他不想影响她。既然妈妈已经不认识人了,让于小荷和于新桐回来做什么呢?不到最后一程,他是不惊扰到孩子的。

就在哥哥一家从南方赶回来的第二天,母亲走了。

于一心没哭。

于一心感觉很奇怪,其实他内心里悲痛得很,但一滴眼泪也没有。他在心里甚至有一种欣慰,觉得母亲走了,是一种解脱。她病了那么久,身上起了褥疮。他每天不停地帮她擦身,涂药,用红外线烤灯照射,还是好不了。后来特别是右胯骨处,烂了很大的一块,每天都往外淌血水。于一心后来都不敢看。他父亲手重,每天去剪那些烂肉,而母亲居然毫无知觉,不知道疼。母亲是在他的怀里,咽下最后一口气的。确定她走了,他才缓缓地把她放平,就像她睡着了一样。他亲吻了她的脸颊,亲吻了她的额头。

有好一会,他总觉得他妈妈还有知觉。他看到她的头发似乎在飘动。

直到他妈妈火化后,他有好多天夜里睡不着。他总觉得母亲没有真正的死透。他知道那是绝对不可能的,但他就是会忍不住这样想。家里的老屋已经破旧得不成样子了,他想接父亲到县城里住,父亲没同意。父亲知道他们夫妻关系不好,家里的居住面积也不大,还有两个孩子要读书。他不想成为负担。他在村里住惯了,感觉挺好的。他也不害怕孤独。他愿意守着老屋子。

守着老屋子,就是守住了回忆。

一个人从小到大,其实听过或看过的死亡不在少数,但只有经历过自己的亲人死去,对生命才会有深刻的感悟。

做过母亲的"头七",于一心回到了县城。

那天下午他在邮局门口,突然听到有人叫他。他一回头,看到了贾雯雯。

她又有点变了,留了长发,但细看,仿佛又没有变化,倒还像是过去做姑娘时的那个样子。她手里牵着一个漂亮的小男孩。

"你……怎么了?"她看到了他臂上的黑纱。

"我母亲去世了。"于一心看到她的脸色有些凝重,突然就有了哭泣的愿望。

"噢……是生病了吗?"

"是,肺上不好。"

于一心的眼泪就下来了。

他不知道前面的日子里,为什么自己一滴眼泪都没流。可是现在站在贾雯雯的面前,却特别伤感。他想在她面前哭。但他又必须克制自己,因为他已经是个中年男人了,在她的手里还牵着一个小男孩。那个小男孩,正在用一双警惕的眼睛看着他。他有些小小的紧张,紧紧地拉着他妈妈的手。

他是一个不被小男人信任的男人,于一心想,这样的敌意是天生的。

她告诉他,现在她回来了,更准确地说是她和孩子回来了。她家住在城东的一个小区,是买下的商品楼。于一心知道她所说的那个小区,它是外地来的一个开发商开发的第一个楼盘,非常漂亮。她买的是上下两层。于一心后来才知道,那足足有二百四十多平方米。他们不缺钱。男人现在也并不在原来的地方了,而是开辟了新战场,做起了建材生意。她对他已经完全地放手了。

"你挺好的。"他说。

他相信她的日子是很好的。

"就这样吧,"她说,脸上却没有笑,"过日子罢了。"

"他能挣钱,日子好过的。"

"人又不是和钱过日子。"她说。

的确,她应该是比她丈夫更能挣钱的。当年她丈夫可是她带出去的。如果说她丈夫现在能干了,也有她很大的功劳。他不知道说什么了。

"你呢？孩子们大了吧？"她突然问。

"上学了。"他说。

如果说一定有什么是他所称心的，那就是孩子们都上学了。从一个人的一生来说，他自己已经算是完全达成了目标。年轻时的渴望，全实现了。尤其是高考落榜后，他只想有一份工作就行了，临时工也行。结果他居然成了一个作曲家，完全不可思议。他自己都没想到。功成名就这词用来或许不太合适，但说他把自己活出了人模人样，应该还是准确的。如今又有了下一代，人生就算是进行了一半了。

他需要好好休息了。

"时间真快啊，一转眼的。"她像是长叹了一口气，抬头看天。

天很蓝。

2

县城不大，虽然这些年慢慢地有了扩张。

街上人来人往。

许多面孔是熟悉的，却又是陌生的。许多面孔是陌生的，却又是熟悉的。于一心在馆里无所事事，过去有一段时间和老周还扯扯闲，可老周现在满脑门子想的就是怎样赚钱，在办公室坐不到十分钟就会骑着车子上街，大街小巷地乱窜。他经常去打听街上有什么多余的门面，他想开店。

"你开什么店？"老赖觉得老周想发财，神经都有点不正常了。

"什么赚钱开什么啊。"老周信心满满的样子。

"你得先打听好什么赚钱才能开什么啊。"老赖说，"你还没想好，倒想着先租门面。"

"这你就不懂了，找到好的门面，卖狗屎也能赚钱。"老周说。

大家就笑，说看着他将来卖狗屎。

于一心时不时地会想到贾雯雯，他还想见到她，就像上次一样。他总觉得他还有许多话要对她说。他说一句，她也会回一句。他说十句，她就会回十句。这一来一回，也许他们就会走进一条话语的通道。那通道，像一条巷子，很窄，很深，很长。那巷子没有别人，只有他们俩。两边都是高墙啊，整齐的青砖，把外面的世界和他们隔离了。也许他们就这样一边说，一边向小巷的深处走。突然，在小巷的深处开出一扇门来……

这纯粹只是一种想象，他想。

但是，他需要知道她过得怎么样了。当然，她一定是很好的，有钱，富足。可是他就是想看到她，虽然见面了，也只是淡淡的，闲扯几句。但他有深聊的欲望。他想把心掏出来交给她。他夜里一闭上眼睛，她就笑吟吟地站在了他的面前。

世上的事有时就这样古怪，有些不相干的人，经常能撞个脸熟。比如西街那边一个拉三轮的，还有一个人高马大的妇女。那个女人像个篮球运动员似的，胸前至少也算是排球，气势汹汹。她是认得他的，知道他是个作曲家，每次见他都要打招呼。可是，于一心却从不知道她叫什么名字。而有些曾经在生活里有过交叉的人，就在县城这不大的范围里，能一两年甚至三五年都偶遇不上。于一心有时会想到那个姓袁的同学,知道他并没能在教育局留下去而去了高中。他到县高中去过好几次,一次也没能遇上。

于一心是有心要再见贾雯雯的。可自上一次和她相遇后,就再没能遇着。她像是根本不存在一样。可能最主要的原因还是贾雯雯虽然在县里生活,却并不一定一直住在这里。或许她时常去省城看望她的丈夫呢,这是很合理的,他想。

她在他的心里是无可替代的。是的,不管怎样,他都是爱她的。他在心里要爱她一辈子。他在心里只承认一个女人,那就是贾雯雯。她成了他心里的一个"梗"。

他和徐爱珍的关系像是进入了漫长的冬夜,总也等不到天明。她在梦乡里呼呼大睡,他则是一个孤独的失眠者,辗转反侧。他现在看到她心里就堵得慌,倒是两人互不干涉。她更多的时间在她娘家,一方面她感觉和她的家人在一起更舒服,另一方面也是更自由了。因为家里空间小,所以他们不能分居。但基本上两人的身体再也不会触碰了。他像是一个被阉割了的男人,当然,这是他自己主动的阉割,从精神上,一直到肉体。

俞静来找他。

许多年没见过了,乍见之下,他多少有点意外。她为他现在的成就感到高兴,觉得他很了不起。她想不明白他怎么会成为一个作曲家,太不思议了。她说原来他们相识的时候,完全没有发现他有这样的才能。

"太不可思议了。"她说。

于一心发现她眼角有明显的鱼尾纹。他问她现在的情况,她说早不在那个学校了,因为她的丈夫是个军人,所以他转业在外地后，她也就跟着调了过去。那是一个不大的城市，但生活稳定。她丈夫转业了，在一个机关里当干部。她在小学里教书。她的孩子都上大学了，大学一年级。男孩。

她也问了他的情况，他说有两个孩子。他问她知不知道钱洁老师的下落。她说钱洁老师调在陈集小学，和她的丈夫在一起。她丈夫现在在小学里。她们有一年见面了。不过自从她跟着丈夫在外地生活，她们就再没见过。

"你们在县里从没遇到过吗？"她有点惊讶。

"没有。"于一心想不到钱洁居然还在本地。不过陈集乡是县里比较偏远的一个乡，和邻县接壤了。也许她是有意远离中心的，他想。

"你知道我现在的领导是谁吗？"他问。

她一脸茫然。

"赵广贵。"

她一脸的吃惊。

他笑起来："世上的事就是这么巧，对吧？"

"你现在又不怕他。"她说。

"你现在的能耐大。"她又补充了一句。

"我没能耐。我虽然不是孙悟空，但他也不是如来佛。"于一心说，"这老浑蛋真不是一般的坏，太坏了。"

她就轻轻地叹了一口气，然后许久不说话。

"'最好的婚姻，其实就是被全世界反对的'那一种。"

她离开时，笑着对他说了这么一句。

3

美国发生了"九一一"事件。

画面上,一架飞机撞向了世界贸易中心的一号大楼,引得人们一片惊呼。时间显示是美国时间8:46:40。9:03,第二架飞机撞向了二号楼。浓烟滚滚。电视转播的镜头推近到世界贸易中心大楼的一角时,滚滚浓烟里似乎有隐约的求救者。有人甚至从高空中跳下。字幕在滚动:美国世界贸易中心大楼遭遇恐怖袭击……

9:59,两幢冒着浓烟的大楼在燃烧中坍塌,就像是沙土一样绵软。

电视里反复地滚动播放着。

惊心动魄。

当那架飞机撞破那幢大楼时,场面非常震慑。它不像是真实发生的,更像是美国好莱坞的电影特效。

电视镜头切换到了大街上,人头攒动,尖锐的警报声一直在鸣叫。一些警察和救援者从四面八方向世贸大厦奔去。有一些人从大楼里跑了出来,街道中间是一辆接一辆的救火车。四周是一些灰头土脸哭泣的人群……

曼哈顿、十二大道,整个纽约市的警报声、汽笛声、高音喇叭声、人的喊声、尖叫声、哭泣声,响成了一片……

慌乱的人群通过布鲁克林大桥逃离曼哈顿下城……

浓烟滚滚,整个曼哈顿下城被灰白色的粉尘所覆盖……

——一种人间地狱的末世景象……

在过去那个编纂民间文艺集成的大办公室里,有一台大屏幕电视。全馆的人都集中在那里,大家都紧张地盯着屏幕。

县城的街上,还是一片平静。

人来人往。

4

就在这个晚上,贾雯雯敲开了于一心的房间。

于一心住在酒店里。

那个酒店是县里最好的,两年多前才开张,五星标准。于一心过去不止一次去过,参加朋友家的婚宴或是孩子的生日宴、升学宴。两天前,外地来了客人。客人是从北京飞来的,他们找到了于一心,拿出几首词,让他迅速地在短时间里为它们谱上曲子。对方是一家很大的房地产公司下面的影视公司,出手阔绰。为了让于一心不受干扰地尽快完成,他们在酒店里为他包了一个总统套间,让他在一个星期里写好。

可是,好几天过去了,于一心却毫无灵感。他试着写了两首,哼唱了一下,还到馆里专门用钢琴弹了一遍,修改了几处,还是不满意。太平庸了,缺乏真正的动人的旋律。不在状态。写了撕,撕了写。除了吃饭时间,他整天关在房间里,烟灰缸里躺满了烧得只剩下焦黄的过滤嘴的香烟尸体。电视打开一会,他又关上。画面里还都是"九一一"事件的消息,飞机撞击穿透大厦的瞬间，浓烟滚滚。

房间里的电视可以收到CNN和BBC，全英语，于一心听不懂，他更多地翻看凤凰卫视，评论员们在反复评论这一事件对世界的影响。于一心写不下去，反反复复地看着。他不知道世界是不是真的像电视评论员说的那样，会发生怎样深刻而激烈的变化。不管怎样，美国离中国实在是太过遥远了。他更需要焦虑的是如何把曲子写好，交差。

他反复看着那几首诗，写得是不错的。可是他的心里就是生不了优美的旋律来，那灵感就像他这些年的性欲一样，莫名地失踪了。

夜很深。

他睡不着。

他想到了下午在电梯里曾经遇到过贾雯雯，但他们只是点了点头。电梯里挤满了人，像是一个亲友团在参加什么聚会，叽叽喳喳的。他们根本没法问候，就又被人流挤了出去。她来这酒店有什么事呢？也许也是参加什么婚宴的。她出入这个酒店应该比他要多得多。她是有钱人，是属于高消费的人群。

在毛主席时代社会上只分两种人：城市户口和农村户口。这是一道不可逾越的天堑。这些年来，社会上也只分两大类：有钱人和没钱人。有钱人和社会上的高阶层是同一大类里的。社会阶层是流动了，这当然是一种时代的进步，他想。

他听到了一阵敲门声。

谁会敲他的门呢？他有些意外。服务员是不会敲的。别人是不知道他住在这里的。当他满腹狐疑地打开门，看到门外站着的是贾雯雯。

她的眼里有泪。

他还在有些发愣时，她却直直地走了进去，然后重重地靠在了门上，就像倚在了一座山上。当他想要说什么，又有些手足无措时，她抱住了他。

她小心地亲吻他，越吻越猛。他不知道她这是怎么了，变化如此突然。当他试图关灯，她阻止了他，而且放开了手。

她有些羞涩地笑了。

"你是怎么了？"他终于忍不住要问她。

她再次哭了，哭得很伤心。她趴在了他的那张床上，泪水把被面都浸湿了。他小心地，轻轻地抱住了她，听凭她抽泣着，双肩在他的怀抱里颤抖。

于一心的心也在颤抖。

她的丈夫就住在隔壁的隔壁一个房间里，他们发生了激烈的争吵。是的，她丈夫并没有住在家里，而是住在了宾馆。他是个有钱人，这样的状况已经持续了很久了。她丈夫的生意现在做大了，非常有钱。究竟多有钱，她从不过问。她只知道他在省城里买了两套房。她从没去看过。他生意的重点在省城，也在全国别的地方跑，天南海北的。因为忙碌，也因为有钱，他很少回来，几乎不回。她直觉他是有了别的女人，而终于让她查到了事实。为这事，他们一次次地争吵，但却没有结果。

而她终于也倦了。

她的神情说明了一切，太疲惫了。

她深刻地感到婚姻的失败，不幸福。

然而，失败的何止她一个呢？他同样是在婚姻里尝到失败滋味的。这是一种多米诺骨牌效应吗？过去的一切，慢慢从模糊变得清晰起来。他们叹息，他们感伤，他们又是那样无奈……伤感的情绪却像决堤的山洪一样在这个房间里激荡。他们很长时间一句话也不说，内心里却被汹涌的感情山洪冲击得跌跌撞撞。

一切都是命中注定的，两人如此落寞。

他告诉她，他还爱她，甚至可以说他现在越发地爱她。

"不，看不出来你多爱我。"她说。

"你爱你在乎的那些东西。"她说。

"你爱你的身份，爱你的工作。"她说，"你那时满脑子都是要有一份稳定的工作，想要县里的城镇户口，想要干部身份。我只是一个临时工。"

于一心听得有些羞愧。他无法否认。但那并不妨碍他爱她啊。他是爱她的。她为什么要把这两样对立起来呢？是的，在她的心里这两样就是冲突的，尖锐的，根本难以统一的。不管他内心里是怎样想的，但她从一个年轻姑娘的直觉出发，她认为他对她的爱是经不住考验的，如果真的让他在工作和她之间选择的话。

"你真的会选择我吗？"她问。

他诚实地不能回答了。更多的，他也许是怀着鱼和熊掌兼得的梦想。他是心存着一种侥幸，就像每次出海时的心情一样。

那个晚上他们倾诉了很多，把心里所有的话都全无隐瞒地说了。原来的雾霾从他们的心里散去了，心头一下变得那样豁亮。

房间里开始洋溢着一种喜悦的甜蜜。这喜悦，是来自她想要报复的愿望。是的，她的丈夫此时此刻就在隔壁不远的一个房间里。这甜蜜，让他们有些兴奋，又有些迷醉。他们从没这样亲近过，如此亲热。他紧紧地搂着她，倾诉着他的思念。他亲吻她的额头，亲吻着她的眼睛，亲吻着她丰满的嘴唇，亲吻着她的头发和她的脖颈。他的动作似乎是越来越大，变得有点不可克服地有侵犯意味了。

她突然笑着推开他，慌张地说："我要走了，要走了。"

而他不想放她走。多么难得，他们能这样相处在一个房间里，如此亲密。时间太短了，太少了。他要和她在一起一千年，一万年。他想他们永远也不要分开。她怎么突然提出要走呢？她是担心隔壁吗？不，不会的。她要是担心，她就不会来敲他的门了。而且，她事先就打听好他的房间号了。当然，她和她丈夫的争吵，促成了她来敲门的决心，也改变了进门后的性质。

"我要回家了。"她说。

他抱着她，不想松手。

屋里是那样静，静得他们能听到彼此的呼吸。突然间，他们听到外面似乎有一阵很大的噪声。于一心走到窗口拉开窗帘一看，外面正下着倾盆大雨。整个县城都笼罩在冰冷的雨水里，风大雨急。雨像鞭子一样地抽打在落地玻璃墙上。

"饶了我吧。"她的那一声像是从心底里吐出来的绝望的央求。一切都变得混乱而不可控制。积郁了十多年的感情在这个夜晚爆发了。他愿意去死，立即死，死在她的身体里。身体是那样陌生，却又是那样熟悉。他如此地珍爱她，宝贝她，侵犯她。他只有通过侵犯才能表达出埋在心底里多年的爱。她虽然已经是个妇人的身体，可是在他的心里却是那样纯洁，从来也没有被别人占有过。他就是她的第一个男人，她就是他的第一个女人。他们都才是第一次啊,就像开天辟地以来的第一对男女。

是的,他们是上古之人。他们来自洪荒。在这个世界上,除了他们俩,再没有别的人。世界是不存在的,他们就是世界。他们也是不存在,因为他们就是世界。

他是那样疯狂,就像一头野兽那样。他被自己都要吓着了,他从来也没有表现过如此生猛的激情。他要生吞了她,埋葬了她。她是他打不垮、碾不碎的玉人。她是那样绵柔,那样幽暗,荡漾着无尽的春情。她的风情在她紧闭着的眼睛里,在她气喘的呼吸里,她的双唇丰满,嘟起来就像是肥厚的花瓣。他要吮吸那花瓣的甜蜜。她抗拒,她挣扎,但却像是在泥淖里的小母马越陷越深。她的身体随着他的节奏,波涛的汹涌,让他感觉像是再次漂荡在大海之上。

是的,她是大海,也是母亲。她是他的灵魂,她是他的死穴。她是深渊,也是高山。他要不停歇地攀到她生命的最高处。他要纵情一跃,跌进她地狱一样的情感深渊里。爱情不能体现欲望,但欲望却可以表达着爱情。爱情和欲望是那样矛盾,却又是那样统一。他们赤裸的肉体交缠着,亲密无间。冲撞和缠绕,缠绕和冲撞,这似乎是一场永远也不会停歇的殊死斗争。这是一场试图分出胜负的肉搏,但却是根本不会有赢家的斗争。她在激烈的冲撞中流泪了,眼泪不住地流淌,就像一个受了天大委屈的懦弱的小男孩。

很长时间,他们躺在床上,谁也不说话。

那时的静默是一种幸福。幸福的静默是一个羞怯的小天使,隐形的,透明的,它扇动着小翅膀浮在半空里,在天花板上,看着他们。外面再大的雨也浇不灭他们的爱情之火,再猛烈的风,也刮不走他们之间的思念。这思念与渴望,如外面的夜色一样浓厚。

她有些后悔,后悔不该做这样的事。但这一切已经发生了,她无可挽回。

"我是一个坏女人。"她说。

"胡说,你不是。"

她眼里再次涌出泪水。

"我恨他出轨,恨死他了,但我现在也做了。"她说。

5

世界在变化。

小县城也在变化。

于一心的调动似乎的确是一点指望也没有了,其实他早就死心了。得意的自然是徐爱珍。用她的话说,"拖也要把于一心拖死"。她的目的达到了。于一心曾经和她耐心地谈过,帮她权衡利弊——既然两人感情没了,就好聚好散。如果他能调走,孩子们都会跟他走。孩子们的前途就不一样了。她是母亲,应该为孩子的前途着想。但她全然不顾,宁愿一起吊死在一棵树上。好多人都知道她的壮举,就是有一次手里拿着一瓶"敌敌畏",拦在李局长的车前,直接躺倒在地上,说如果文化局敢放于一心走,她就要拼命。

时间久了,慢慢就有人知道,其实徐爱珍是没有那么多的心计的。她简单又粗俗。许多计谋是馆长赵广贵帮她出的。说起来赵广贵还理直气壮,徐爱珍是文化馆老馆员的女儿,他必须主持公道,维持稳定。

赵广贵现在知足得很，每天基本就是在办公室里喝茶，看报纸。偶尔他还会到图书馆、新华书店、县剧团这些兄弟单位去坐坐。他觉得自己的资格很老。他在乡镇当文教助理时，现在的局领导里有好几位还只是普通的小干事。

他的两个儿子，也让他觉得自己很是风光。大儿子虽说是在企业里，但却已经当上了副厂长。现在县里的许多企业虽然不行了，但厂领导的油水却一个比一个足。二儿子也大学毕业了，分在了省级机关。于一心见过他的二儿子，文质彬彬的白面书生，的确是个帅小伙，很精神。

两个儿子是赵广贵的骄傲，尤其是老二。县里相关部门的领导有时去省里办事，少不得要去找他家的老二。在他的嘴里，老二所在的那个省级机关，权力非常重要。而他的儿子在厅里的工作也非常积极，很受领导的器重。去了一年后，就提拔成了科长。也许用不了几年，就能提拔成副处长甚至处长；更长久地看，当上厅长也不是不可能啊。

"他们厅里有个处长看中我家老二了，那处长家有个女儿。"赵广贵说，"人家的女儿也是大学毕业，可是老二就是看不上她。"

"现在的年轻人眼光高。"陈丽丽说。

"他们有个副厅长，家里有个姨侄女，要介绍给他。他问我的意见，我说我不管，只要你愿意。"赵广贵得意地大笑，龇出两只大板牙。

"那是蛮好的，"众人说，"有个靠山还是不错的，有利于发展。"

"那是啊，那是啊，我还是鼓舞他的。"赵广贵说。

于一心想，这只老乌龟也是盘尽了心机。

虽然没有调到省里，但于一心也没有生活之虞。相反，他现在的心里倒也笃定了。他唯一感到内疚的，就是对秦馆长。后来再次去省城开会，他专门去省群艺馆向秦馆长表达了歉意。秦馆长也是无奈得很，只好又安慰他，没关系的，等以后有了进一步的机会再说。

徐爱珍有一阵也试图找一份工作做。有人还真的帮她介绍了一份，在南大街那里的一个超市里当营业员。但她只干了几个月，满打满算也不过就是半年时间，辞了。不知道什么时候开始，她又迷上了剑术。每天一大早就穿上白色或蓝色的运动装，背着一把长剑，去工人文化宫那里舞剑。以她那样的年龄，是比较少有的。所以她在那帮老头老太当中，获得了很大的优势，心里受用得很。

于一心从来也不去过问她的剑术。除了孩子，他们有时还有些交流，别的事情他们已经完全不再讨论。他的工资是交给她的，毕竟一家要生活。有了他的工资卡，她觉得似乎就捏住了他的命根子。

这倒也是省事，轻松了，于一心想。

他和贾雯雯的关系有了实质性的改变，他对她的思念反而更加浓烈了。每个晚上他睡下去，脑海里也还都是她的样子。她任何一个微小甜蜜的动作，都记录在他的大脑里。他的大脑是一张唱片，她就是那唱片上的旋律。他强烈地想要再见她，给她打电话，她却有点退缩了。

"不要了，不能继续了。"她突然变得那样冷静。

"我真的爱你。为什么不能继续呢？"他的声音都在颤抖。

他觉得他爱她爱到发疯。

有了她,他真的不想调动,即使有机会,他也不会走,他想。

6

于一心知道贾雯雯在躲他。

他不知道她会什么在走出那一步后,又止步不前了。也许她的顾虑要比他多得多。他是没有顾虑的。他可以为她舍弃一切。

他想见她,可是她怎么也不肯答应了。

"为什么?"他反复这样问。

"不为什么。"她在电话的另一头说,"这样真的不好。"

"我会离婚的。"她说。

他愣了一下,一时不知道应该如何说。离婚对她是一种解脱,他真的不反对她离婚,甚至是支持的。如果她离婚了,他就要在今后更加积极地离婚。他们都要从原来的婚姻里解放出来。

"等我恢复自由吧。"她说。

有了这样的话,让于一心心里有了期盼。他感觉整个人都是温暖的。他是幸福的。那幸福的蜜水把于一心的整个身体都浇透了,就像森林的树木感受着三月的春雨。

他每天都去练琴,积极了。陈丽丽有点惊讶:"于老师你最近像变了一个人。"

"有吗?"他笑着问。

"有,太明显了。有什么喜事吗?"

"没有。"

"恋爱了。有情人了。"老周说,"既没有升官,也没有发财,那就是有了相好的了。"

于一心真的是快乐的,想藏都藏不住。他的嘴里时不时地哼哼着,都是轻松愉快的曲调。过去积郁在心里所有的块垒,都被爱情的美酒融化掉了。他觉得现在对贾雯雯的爱,比过去更要浓烈。也许是因为年龄的关系,对爱的体悟比过去更深。这爱情,具有摧毁一切的力量。它是一把熊熊燃烧的大火,这大火来自一口油井,深不可测,永不熄灭。他相信没有任何外力,可以扑灭他心里的爱情之火。他爱她,甚至愿意舍弃自己的一切。

没有爱情的人,是庸俗的。

于一心现在就觉得老周变得俗不可耐了。

老周每天最大的乐趣就是在办公室里胡吹一番,天南海北的。从柏林墙的倒塌到苏联解体。从斯大林,到罗马尼亚的齐奥塞斯库。从美国的"九一一"事件,到中国要加入的世贸组织。他也发牢骚,他不明白中国为什么一定要加入世贸,认为好多产业要受到影响。

好多年了,老周不再有什么像样的作品。他几乎就不再写作了。或者他也写了,但却没有发表。他偶尔只在市里的报纸发表一些小散文,也不多。

"不写了,我再怎么努力,这辈子也不可能写出《红楼梦》的。"老周说。

崇拜者也没有了。

他和陈丽丽现在冷淡得很,两人仿佛过去不曾相好过一样。据说陈丽丽现在成功地斩断了她丈夫的所有外遇线条,不知道她是不是从徐爱珍那里学来的,她到财政局去大闹过一场,扬言说如果他胆敢再胡搞,她就要到县委书记那里大闹一场。显然她的男人为了自己的官场前途和政治地位,屈服了。

男人一屈服,陈丽丽也就又重新成了一个幸福的女人。

幸福的陈丽丽仿佛自己的男人不曾犯过错误一样,是天底下最好的丈夫和父亲。她时不时地会讲起丈夫和县长一起出国的种种让人眼热之事。对于这里的许多人来说,出国是非常遥远的事,何况还是公费呢。她讲得越多,老周就越生气。老周在背地里就开骂,说陈丽丽在床上一点意思也没有,就像是一条冰冻过的带鱼。

于一心觉得他这样议论陈丽丽不太好。他觉得自己和他不是一类人,虽然老周认为他们俩是一对,是本县最大的艺术家。而且,老周文学家的地位要比于一心音乐家的位置要高。

但老周却是满足的。

他儿子没有考上大学,出去打了两年工,回来后在县城里开了一家咖啡店。有一阵子老周经常拉于一心去喝咖啡,然后等着于一心买单,说"要鼓励和支持年轻人"。他儿子长得和老周很像,唇上多了一抹小胡子,个头也比老周更高些。

老周租到的门面,就被儿子用来开咖啡店了。儿子的对象也是农村的,当时在外面打工认识的。两人在咖啡店里忙活。有人问老周,那咖啡店赚不赚钱,老周则表现出无所谓的样子。

"多少赚点就行。"老周说,"这是他们的一个积累。"

这话倒是不假的。

"有时生活就像强奸,"老周说,"要么你强奸它,要么它强奸你。"

于一心听得别扭,不知道这样的话是老周自己发明的,还是他在哪儿看来的。总之,到了老周的嘴里那就是老周的话。老赖说老周的话有时实在是太糙,完全不太像一个作家。

"只有作家,才能说出这样的话。"老周说,"高雅精致算个屁,深刻是硬道理!"

"生活就是一场强奸。当你反抗不了的时候,难逃被强奸的命运,你就要去学会享受它。"老周摆着一副很深刻的表情,"现在一切要向'钱'看,知道吧?"老周说,"现在还他妈的图那些虚名做什么?到我们这个阶段就要图点实惠,搞点钱。于一心你可以找一些企业,给他们写厂歌啊,给广告写歌啊。"

于一心知道老周现在经常在外面跑企业,连乡镇里的企业都不放过,写广告软文,一头扎进了钱眼里。有了钱,他就会犒劳自己一番,招朋引类,喝酒,唱歌,洗桑拿浴,甚至时不时地要一回小姐。

"有钱才是实的,"他悄悄对于一心说,"有了钱,那些小姐可比陈丽丽强多了,一点也不装模作样地假正经,服务绝对是一流的。而且,又年轻,又漂亮。"

"你要会享受。"老周说,"人生就这么回事嘛。那么苦自己,何必?"

于一心听了,只是一笑。

7

贾雯雯真的离婚了。

她表现得挺释然的,走到这一步了,倒不如干脆割断的好。于一心在内心多少为她有些可惜。如果她没有嫁给那个男人,她在外面肯定打拼得很好。她把自己完全奉献了,教给他所有。他做大了,反抛弃了她。这样的男人,实在是可恨的。然而对这一点,贾雯雯完全不计较。

她只恨他在外面乱来。

自从她发现他在外面招嫖后,她就不愿意再让他碰她。再后来,他索性在外面包起了二奶。两人离婚了,她只要求他支付孩子的生活费。这样的小钱,他当然很愿意满足。

看她这样释然,于一心挺为她高兴的。婚姻对她而言实在是一种负累,就像是披着一件无法脱去的湿内衣。她离了,他就也有了动力。

离了婚的贾雯雯带着她的孩子过,那是个很可爱的小男孩,长得很像贾雯雯,尤其是那一对黑溜溜的大眼睛。

每隔一段时间,他们就会悄悄地约会。贾雯雯又喜欢又害怕。她担心被人发现。

"你像是小孩子。"有时她这样笑他。

他知道她嘲笑的是什么。他爱她,爱她漂亮的乳房。在他眼里,那是世界上最美的,简直不可方物。他觉得他拥有她这一对,很幸福。

"它们有什么好呢?你们男人真是奇怪。"

"它是最好的。"

她就笑了:"不好。你眼里最好的是城市户口,是干部编制。"

他知道她嘲笑的根由。如果当时不是因为这样的偏差,也许他们早就结合在一起了,不会有后来的曲折。

这是一种不幸。

"好吧,那这一只就是城市户口,另一只是干部编制。"他打趣说。

"傻。"

"我要娶你。你嫁给我吧。"他说。

"净说傻话。"她笑了。

"你不愿意?"

她想了一下:"不愿意。"

"为什么?"

她看着他,装着认真地想了想:"因为你坏。"

"我哪里坏了?我爱你,真的,很爱很爱你。除了你,我没这样爱过别人。"

他们总是有说不完的话,有些话翻来覆去地说多少遍,也不觉得无味。她时常会被某个话题惹到哭起来。他以为是自己的错,就赶紧向她赔罪。看他慌了,她也又安慰他,自己只是心底里想到了别的事。别的什么事呢?她不说。

"你还有机会的,"她说,"要调走的。"

"有你在，我不想走了。"他说。他是真心的。既然调动是那样费神，他也被耗尽了心思。现在他和她好上了，为什么要离开这里呢？

"瞎说，"她甚至有点气恼，"你是男人。"

"男人和女人不一样。你是个不一样的男人。你有前途呢，一定要奔前途。调到省城是不一样的。要是错过了，就永远不会有了。"

"你也只有一个啊。我也不想错过你。"

"我好好地在呢，哪儿也没去。"

她说话时，总是有点紧张，他能感觉得到。

"我们就这样抱着不好吗？"每次她都这样小声地哀求着。

她是认真的。她很喜欢和他和衣躺在床上，相拥着，一动不动。她喜欢睡在他的臂弯里，听到他的心跳，闻到他身上的气息。于一心能感觉到她的累。当她躺到他臂弯里的时候，身子是那样绵软。她是疲惫的，虽然她说她的工作并不累。她心里是累的。有一次她枕在他的肩膀上，居然睡着了。他看着她的睫毛，她的鼻子，她的双唇和下巴。

很多时候，她喜欢伏在他的胸口，静静地想心思。

"想什么呢？"他问。

她不说话，她懒得不想说。她想她能这样趴在他的胸口就是幸福的，甜蜜的，仿佛一开口会把幸福吓走了。

她喜欢听他说话，说过去的事，说他知道的事。她很奇怪他是怎么会写歌的，太奇妙了。那么好听的歌居然是他写的，不神奇吗？

"你的脑瓜子里是怎么想起来的呢?"她真的充满了好奇。

他笑了,笑得很开心,这问题没法回答。贾雯雯和徐爱珍在艺术问题上是一样的,都几乎没有什么了解,可是两人表现出来的方式却是大相径庭。

"我又不漂亮的,"她说,"你怎么会喜欢我?"

"你在我眼里是最漂亮的,没人比得过你。"

他是真心的。他只爱她。

"骗子!"

"真的。"

他爱她,铭心刻骨地爱她,爱她的一切,甚至她对艺术的无知。仿佛她越是对艺术的无知,他反而是越满足的。他记不得是哪个音乐家说过的,愿意伏下身体去亲吻他的女神的脚趾。他在她面前是那样贪婪,亲吻她。

"为什么我们就没能顺利地好上呢?"有时她会反复地问他。"还不是因为你使了小性子?""可是你也有责任啊。""我是有责任啊,可是主要责任在你啊。""我的责任是因为你造成的啊。"

他们有些会陷于这样无尽的小争论。

叹息一声又一声。

"我们还是不要这样了。"她说。

"为什么?"

她不说话。

她担心,担心不知道哪一天他们的恋情会结束。

第五章
（2004年一）

1

在黑夜里，她是一朵盛开的花。

夜越深，她开得越大，越绚丽。她在黑夜里和白天的表现是那样不同。于一心觉得她像是另一个人，一个完全不同的人。他在她的身上感受到不同的旋律。她是一首变幻着的曲子，缠绵的，热烈的，感伤的，忧郁的，欢快的，隐晦的，明快的，潮湿的，丰润的，刚烈的，狂野的，柔顺的……洁白如雪，暗如黑夜。她是一座迷宫。她是一个魔术师。她是成熟稳重的妈妈，她是一个天真幼稚的小姑娘。

他们就这样静悄悄地约会，努力地避开别人的目光。他们陷进两人隐秘的世界里，不能解脱。对于现实他们是那样无奈，他们明知回不到过去却又是那样渴望，就像两条被冲到了沙滩上的鱼看着退去的潮水。错误的过去和错误的现在，互相叠加。他们都知道现在的错误或许是不应该发生的，但是人总会试图去纠正和改变过去的错误。没有过去的错误，就不会有现在的错误。他们在黑暗里叹息，每一声叹息都让他们陷入更深的黑暗。愈黑暗，愈快乐。愈快乐,愈感伤。他们有时分不清到底是为了快乐相聚,还是为了感伤。或者是以欢愉开始,以感伤收场。

她是高亢的。

他们需要明白的放纵,但他们却只能在黑暗里寻找被深埋着的过去。青春被深埋,现在也被深埋。他们在挖掘过去,也同时在埋葬现在。他们紧张,心怀着谨慎的恐惧。他们生怕这样的幸福被破坏,被毁灭,不能持续。

他喜欢看她的忘情,看她鼻翼翕动,紧闭的双眼,丰润的双唇在颤动。他能感受到她身体的紧绷,每一根神经都受到了强烈的刺激,让她像大丽花一样绽放。大丽花浓郁的香味让于一心变得那样贪婪,贪婪得像一头饥饿的野猪。在她的内心,有一股道德的压力,她有时迫使自己要收敛。可是她实在又是情难自禁。她无时无刻不犹豫,不矛盾。她也不明白明天对她意味着什么。他们渴望明天,也害怕明天。

他很惊讶于自己的贪婪与强烈,这是他从来也不曾有过的。不管他是最初和俞静的恋爱还是后来和徐爱珍的婚姻,他都没有表现得像现在这样沉迷。而当他这样得意时,她就会嘲笑他的丑陋和难看。在她的笑声里,于一心有时真的会感觉到形秽。

"我们断了吧。"她经常会这样说。

"为什么?"

她不说话,沉默着。

他能听到她的呼吸。

他当然知道她为什么要那样说,她说的"断",内心里是"不断",她只是需要从他这里得到更为肯定和坚决的回答。她害怕这情不能长久。而她这样的担忧又何尝不是他的忧虑呢？他们是两个行走在高空钢丝索上的人，战战兢兢，他们必须时刻地保持着警惕，稍一失手就会从上面掉下来。而看上去，他们的这一天是必然会到来的。

"我们不要分开。"他说。

"怎么可能？"

她的眼泪总会情不自禁地流出来。

"可能的。"他说得很肯定，但他知道自己的心里是多么的虚弱。

2

黑夜里被绷紧的神经，在白天里得到了暂时的放松。

于小荷以全县第24名的成绩，考上了县中。于一心高兴得不行，这太让他骄傲了。以她现在的这个成绩，只要很好地保持住，将来考上名牌大学是没有任何问题的，甚至北大、清华都是可能的。小姑娘嘴巴和下巴长得像徐爱珍，但那股心气劲却像于一心。准确地说，比于一心当年的心气劲更狠。她不爱说话，仿佛只爱学习。于一心不清楚她在学校的状态，只知道她放学回来，放下书包去冰箱里找点吃的，就又赶紧写作业去了。

周围的邻居们教育孩子，都以于小荷做榜样。就连于一心教育儿子于新桐，都愿意拿姐姐做楷模。两个孩子的成绩都不错，这让于一心的心里很欣慰。

"我们结婚吧。"有次于一心对贾雯雯说。

"瞎说,"她说,"你怎么可能离婚呢?"

"真的,这样太痛苦了。我想和你在一起,天天在一起才好。现在我们这样,对你也不公平。"他说。

"我不在乎。别傻了。"她说,"你心里有我就行。"

他的心里当然装着她。他不太知道她的经济情况,试图帮她,可是她却一直是拒绝的。"我暂时还不缺钱,过去还有些积蓄。"她说,"哪天我真的过不下去了,我请你帮忙,你不要拒绝啊。"

他们依然保持着悄悄的关系。她甚至比过去更怕被人发现他们这样的一种关系。原来她男人的坏,许多人都是知道的。如果当时人们发现这样的行为,说不定还能理解。现在她觉得如果人们发现她有这样的事,不一定就能理解。尤其是她的家人,她父母希望她趁着年轻,赶紧再找个合适的成家,年龄拖大了,就没机会了。他们不想让她孤独地长久生活。

"不可以,你不能再嫁,你要等我。"他说。

"我等你。"

"你发誓。"

"发什么誓?"她笑起来,"所有的誓,都是放屁。"

"特别是你们男人。"她补充说。

"真的,你如果打定主意不找就算了,如果要找,一定和我,好吗?"

"好。"

"一定?"他有点担心起来。

"一定的。"她说,"也许再过两三年你就不愿意找我了。我老了,不好看了。"

"胡说,你就是八十岁,我也找你。"他说,"只要我有一口气,我也要找你。"

"那么老了,天啦,你找我干什么?"她一脸调皮的神情。

"什么也不干,就是手拉手,两人坐在阳台上,晒晒太阳。"

她不说话,神情有些发愣。

3

县城的变化越来越大了。

前南大街做了扩新,老的长途车站也从原址搬迁了,移到了城西。到处都是工地,不断有新建筑出现。县里原来的那些企业基本都倒闭了,有些折价给了个人。赵广贵的儿子所在的那个轻机厂好几年前就被他和另外两个人吃下了,据说每人只花了四十多万。虽然个人出四十多万不是一个小数字,可是后来光把厂里原来库存的生产物资转手卖掉,就值八百多万。

赵总经常开着他那辆刚买的宝马回来,就停在文化馆办公区前面的广场上。每次回来,刘广贵都会在广场上大呼小叫的,指挥着倒进倒出,仿佛他是个老司机。很快馆里的人知道了,赵平他们几个人把厂子吃下后,转向了土建工程。几个人兴致勃勃,准备大干一番。毫无疑问,他们盘下原来的厂子只是看中了固定资产,转卖后成了他们的第一桶金。他们必须转行。有了第一桶金,那就不一样了。而当下最红火的,就是土建工程了。

搞土建，开发房地产，赵平认定在这方面能挣大钱，心里有充分把握。这个临近海边的小县城这些年里的步子迈得越来越大，越来越多的外地企业到这里来安家落户。

于一心有次遇到一个高中时的同学，大学毕业后分在县经贸委，已经当上副主任了，两人就站在路上聊了一会。他对于一心倒了一大堆苦水，说现在县里给他们压任务，每个乡镇长、机关里各个局和局长，甚至党委部门的一把手都有指标，全面地招商引资。完成的，自然是有奖励。完不成的，要扣工资。每个季度，县委书记亲自主持会议，挨个检查指标的完成情况。完不成了，大会上点名，甚至扬言说上县里的电视台上曝光。

"精神压力太大了。"他说他这两年多，头发掉了一大半。

"还是你们好，清闲。"

"穷，没钱，拿点死工资。你们是领导，不一样的。"于一心赶紧说，"你们做的贡献大。"

县城里明显比过去热闹了，尤其是歌舞厅、桑拿按摩、洗头房、足浴店，简直到处都是。老周儿子的咖啡店早关门了，后来又经营过游戏机，涉嫌老虎机赌博，被警察查过好几回。有一次甚至被警察抓了去，关了起来。老周到处找人说情，才把他放了。

"这小祖宗是个无底的洞。"老周有次喝着酒，发泄了内心的不满。

"我这点积蓄，不够他各种败的，做什么亏什么。"

老周累。

他四处找企业的老板，帮他们写书做宣传，辛苦挣来的钱全交给了儿子。儿子没定性，一会一个主意。有了新想法，就赶紧找老周要钱。老周不给还不行，就吵，砸。

老周郁闷极了!

儿子一年前在桥北路的小街，开了一个足浴店，据说生意还不错。老周自己去过几次，说儿子雇了几个外地的农村丫头在里面，最大的才24岁，最小的只有17岁。他倒是没说请于一心去消费。于一心料想那地方也不是一个干净所在，藏污纳垢的。

陈丽丽说，老周现在对县城大街小巷里的桑拿、洗头房、足浴店，谙熟于心，了如指掌。据说有一回他和几个朋友喝了酒后，去天通河小区后面的一个桑拿浴搞按摩，叫了一个小姐。当小姐进来时，两人都愣住了。

"为什么？"

"为什么？"陈丽丽一脸不屑，"是他的准儿媳妇。"

听的人就大笑。这多少有点编排的意思了，天下哪有这么巧的事？要是真的，外人又是如何知道的呢？

"问题是，老周到底让儿媳妇按摩了没有？"赵广贵很权威地问。

陈丽丽就耸耸肩。

于一心不相信有这样的巧合，但是对老周的准儿媳做了按摩女郎，倒是真有点信的。他在街上见过她好几次，她嘴上涂着鲜红的唇膏，头发烫成黄毛，穿着黑色的超短皮裙，把小屁股裹得圆圆的。粗长的大腿上，是黑色的渔网样的丝袜。那打扮，一看就不是正经女孩。他们在最初开咖啡店的时候，她还是一个很土的乡下丫头。

这年头的人真是疯了，只要有钱，什么下作的事都敢干的。

4

文化馆也要重建。

这事已经说了有好几年了,终于真的有了进展。之所以一拖再拖,一方面当然是财政问题,除了县里自筹一部分,还要向省里、市里要一部分。另一方面是地址的选择。原来县里领导的意思是挪到城南那里,后来方案一改再改,却决定还是在原地上建。

馆里的人刚搬到借用的邮政局的一幢小楼里,推土机第二天就轰隆隆地开进了院子里。

于一心看着推土机在里面轰鸣,推倒了那些院墙。一堵墙,又一堵墙……烟尘四起。他感觉很多东西都被埋葬了。他的青春,他过去的一些记忆。

大街上还是车水马龙,一片繁忙。

重建至少需要一年时间。

所以,在借用邮政局的地方办公的日子里,大家会越发地随意,自由。

5

第二年的秋天,省文化厅的艺术研究院借调于一心。

这让于一心很意外。他从来也没有表达过这样的想法,而且艺术研究院是通过市文化局向县文化局提出的请求。省艺术研究院要编纂一套近当代音乐丛书，需要人手。更让于一心没想到的是，赵广贵居然非常积极地表示支持。

"这是我们馆的荣誉，要去的，要去的。"他说，"这是好事，好事。"

"我不去。借调我，我去了干啥？"于一心内心是不想和贾雯雯分开。

"你是作为专家，才被抽中的，说不定将来就被省厅留下去了。"赵广贵说，"你现在还算是年轻的，目光要放长久，不要计较一时的得失啊。你去了，这里的工资照发。根据实际情况，我再向局里申请一下，给你一些额外的补助。毕竟在省城里，开支大。"

于一心觉得赵广贵完全不是原来的那个赵广贵了，仿佛是换了一个人。这简直是太怪异，让他难以理解。

时间如果再向前推几年，于一心想，自己肯定很乐意的。但他现在真的不愿意，毕竟不是调动。他后来才知道，这次还是田野老师推荐的。田野老师已经退休了，但他是这套全书的主编。

于一心很为难。

"去吧，"贾雯雯说，"上面总是因为看中你，才借调你的。没有水平，人家才不会要呢。"

他犹豫着。

看到他的犹豫样，她笑了，说："去，说不定我会去看你呢。"

"真的？"他觉得这倒真是一件很美好的事。

"当然真的。"

第 三 部

Part 3

第一章
（2007年一）

1

"这是一个最好的时代，也是一个最坏的时代；这是智慧的时代，也是愚蠢的时代；这是信仰的时代，也是破灭的时代；那是光明的季节，也是黑暗的季节；那是希望之春，也是绝望之冬；我们面前应有尽有，我们面前一无所有；我们正在走向天堂，我们正在走向另一个方向。"

在那次为于一心送行的聚会上，老周声情并茂地为于一心背诵了这么一段。他说这是一个叫狄更斯的英国作家写的。而这段话套用在当下，他很有一些感慨。大家仿佛是经历了一次时空上的穿越，尽管现实里有许多让人不满的地方，在一派欣欣向荣的态势里也伴随着各种坏消息，但整个社会却像一列开足马力的火车，轰隆隆地向前急驶。

于一心真的并不愿意被借调，尽管不少朋友是支持他的，觉得他去了以后说不定会有一些意外的机会，他还是很犹豫。一方面他担心在离开后怕孩子的学习受影响，另一方面他也真的不想和贾雯雯分开。如果不是有了贾雯雯，他一定是很乐意的。毕竟他借调的日子里，他可以避开与徐爱珍共处。而且，他内心一直希望有机会在省城里多学点东西，包括与同行的交流。

最终让他成行的，还是贾雯雯。

"怎么能不去呢？人家看中你了，说明你是有分量的。"她说，"一个大男人，眼光要放长远。过去你不是一直想调走吗？说不定这就是一个机会。"

"不可能的。借调就是借调。"

"当然有可能啊，过去你有身份性质的限制，现在你全解决了。"她说，"万一你这么有才华，被人家看中了呢？人家就把你留下了。"

他被逗笑了，她说的是"万一你这么有才华，被人家看中"，而不是"你这么有才华，万一被人家看中"。

"这么抠字眼，随便说话，哪有那么讲究呢？"她显得有些委屈的样子。

他笑了，承认她的好意。是的，贾雯雯是承认他的才华，欣赏他的才华的。她虽然不懂音乐，但她喜欢流行歌曲，也敬佩写曲子的人。这和徐爱珍是完全不一样的。她说很多机会是找出来的，而不是等出来的。

这方面她有体会。

她说当年她被缫丝厂辞退后，加上因为和他恋爱的中止，她是负气出去的。如果不是被辞退，或许她还会和他恋爱。但被辞退了，她就没有依赖了。她觉得他于一心一定会嫌弃她。她是一个自尊心很强的人。

"也哭过，"她说，"出去的时候身上总共只有几十块钱，只够买一张往返车票的。当时一点头绪也没有，不知道下一步要怎么走。"

于一心觉得她和自己当年有一些相似了。

但她觉得自己在勇气上，一点也不输于男人。她相信只要自己肯干活，总不会饿死的。她找的第一份工是在服装厂里，当时啥都不会，笨手笨脚，从最零碎的活开始干，到每天在缝纫机上工作十几个小时，手指被针扎过不止一次。那种劳动强度比缫丝厂还要大，也是几十个工人挤在一个宿舍里。一次无意间她听说，她们生产的童装利润很大。而且布料的差价也大。她突然就产生一个想法，自己为什么不试着去做这差价呢？她就从服装厂辞职了。

她开始跑起了批发市场。

从开始不被信任，到慢慢地建立了联系，是一个很艰辛的过程。但是，她做到了。自己都没想到，能闯出那一片天地。

"去吧。"她说。

"舍不得你。"他说。

"真会骗人。你过去怎么不会这样哄人呢？"

"我舍不得离开你的'户口'和'国家干部'。"

她就红了脸："不要脸，油嘴滑舌。"

一进省城，他就被繁华淹没了。

他很快就喜欢上了被借调的生活。

2

借调在省城的日子里,他经常想着的就是贾雯雯。

分离有一个孪生姐妹,是牵挂。也许是因为一个人太寂寞,他对她格外思念。艺术研究院里的工作很清闲,在于一心看来和他过去在县文化馆里的生活差不多。每天工作的时间比县里更短,朝九晚五,中午还有相当长的休息时间。

艺术研究院在一幢民国时期的古旧建筑里,三层小楼。于一心一直到离开,也没能弄清那幢建筑里有几个单位,他只知道研究院只是其中的一家,走廊里有一道铁门用来和别的单位隔开。院长虽然不是从事音乐研究的,但对于一心的名字是知道的,所以很客气。借调于一心的处室只有三个人,老贺、小张和小高。老贺比于一心要年长,小张年轻,是个小姑娘。小高也是一位女性,其实是人到中年了,但院里都叫她小高。主事的应该就是老贺,小高和小张各有自己的工作。因为小张年轻,所以许多具体的事情都是她负责联系和协调。田野老师有时来,有时不来。他偶尔来一次,都是提一些具体的意见。

于一心的工作就是在小张手里接过她收集来的材料,进行甄别和筛选。

"别那么快。"小高每次都这样对于一心说。

小高是个性格很好的女人,她经常这样提醒于一心。这个工作并不需要赶进度,是一项漫长的任务。初步筛选后,还要经过编委会的讨论。根据编委会的意见，然后再对相关的条目进行修改。修改后再送编委会讨论，最后才能定稿。而田野老师是编委会的副主任，主导意见也主要是田野老师掌握。田野老师是个慢性子，做事也严谨。所以，他们这里快了并没有益处。

"田老说，要经得起历史的考验。"小高说，"快了，他会认为我们不严谨。"

时间长了，于一心就有些无聊。在那么长的时间里，贾雯雯只去过一次。而且是在他借用的两年多的时间里唯一去的一次。她原来开玩笑一直说要来看他，可是每次说妥了，又犹豫了。他当时多么热切地盼望着和她相聚啊。他觉得她要是来城里，他们就更是自由的。没有人会注意他们，就像两粒小沙子掉在沙滩上。他们可以好好地像情人一样尽情地缠绵。

"不太合适吧？人多眼杂的。"她说。

"来吧，真的，没事的。你也难得来啊。"他说。

那阵子于一心有大把的时间好挥霍。编务工作实在是太清闲了，进入了最后的收发阶段。这时有了一个机会，让他进入大学的音乐系进修。这是非常难得的机会，也是非常隐秘的机会，因为县文化馆并不知道他在艺术研究院的工作已经基本结束了。他通过文化厅相关领导的关系，争取到了在艺术学院音乐系进修的名额。他们也知道，如果他回到馆里再来进修，是不太可能的。所以就趁着他单位同意借用的机会，尽量地延长他在这里的时间。

"再不来，我在这里都快结束了。"他那次对她说。

"好吧。"

当他终于在车站里接到她，他看到她是那样紧张。

她忐忑得很。

为了消除她的紧张,他把她安排在离自己宿舍不远的一个招待所里,但事实证明那完全是一种浪费。

狮子山、梅花桥、南郊风景区、明湖……她说她好多年前来过省城,前前后后也来过三五次。有些地方她是玩过的。当然,那都是好久前的事了,还是她没有孩子的时候。他想让她好好地逛逛,算是旧地重游,毕竟这么多年过去了,从前看过、玩过,多年后再来,那感受是不一样的。之后才知道她的兴致并不大。她一点也不喜欢到处逛,浪费时间。她只想偎在他身边,和他多待些时间。到处逛,就占用了她和他独处的美妙甜蜜。

"想你了,太想你了,"她说,"我就忍不住了,要来看你。"

"看你这样子,生活得还挺好的。一个人在外,要注意身体的。"她说。

"总吃食堂肯定是不好的,你这里还能一个人做饭,挺好的。地方不大,但生活设施齐全呢。"

他们像劫后余生又久别重逢的亲人,感觉是那样幸运。在这里,他们不用担心有人认出他们,不怕被人指指点点。她来的第二天,他们走在洪武路上真的被艺术研究院的一个人看到了,他们还打了招呼。

简陋却又整洁的单人床,接受着两人重量的考验。吱吱嘎嘎的节奏演奏出他们分离的忧伤与重逢的喜悦。相思的苦痛这时就转化成了行动的快乐,他们可以肆无忌惮地表达着肉体的放纵。这欢聚,是生活对他们的惩罚,也是生活对他们的恩赐。这时,他们是那样自由。自由的身份与自由的心灵,他的宿舍成了他们自由的最好保护。被保护着的自由,才是如此酣畅啊!

她像换了一个人,积极而主动。她一改过去的羞怯,变得贪婪而狂野。她要他,要他,她叫,她笑。她咬他,在他的身上留下一个个咬痕。他像是她的仇人,她要咬下仇恨的印记。他默默地承受着,只有疼,记忆才能深刻。她是他的女人,是他心里最爱的小女人,他愿意为她死,也愿意为她活。

好好地活着,才能够更好地思念她,爱她。

老于后来才想到,那时候她的乳房应该就有问题了,或者说已经有问题很久了。他是多么地迷恋着她的乳房啊,白皙丰满。它是那样滑腻。她看着他贪婪地亲吻它,吮吸它。他的大手使劲地揉压它。

"疼。"那次她突然说,皱了一下眉头。

他就是要让她感受到痛啊。当时他是那样毫无顾忌。最好的爱情,一定是要经历了痛,才是最值得拥有的爱情。没有痛的爱情,不是完美的爱情。当时他哪里会想到那一层呢?后来想到这事,他就真的很后悔,心痛。

"你是坏人。"走的那天,他把她送上车,她说。

她那样说的时候,肯定也并没有往那件事上去做联想。那只是情人间的一种甜蜜的骂俏。

"怎么了?"

"疼。"她用手暗暗地做了一下姿势,示意是她的右胸。

"噢,那是城市户口。"

她的脸红了。

他笑了,为了他们之间的这种隐语,笑得还有点得意。

相聚的时间是太短了,太短了。而他们的爱,却是永不知满足的。

"再来啊。"他说。

"不来了。"她说。

他相信她说的只是玩笑,因为前一个晚上,他们还在谈将来的事。

"你快点娶我吧。"她说。

"我想啊,我恨不得现在就娶你。"

"我受不了了。"她说。

"你要等我。"他说,"一定要等我。我会尽快的。"

"逗你的,"她扑哧一笑,"你离不了的,好好过日子吧。"

他也真的以为她说得对,徐爱珍不会轻易放手。可是,结果就是她意外地放手了。他那么努力地挣扎,然后发现她捆绑他的绳子突然松开了。

3

于一心重新回到了县文化馆。

他是有机会留下来的,而且艺术研究院相关领导有意让他担任《新创作》杂志的执行主编。副主编就是副处级。县文化局局长才是正科级,而馆长赵广贵算起来才是个科员。机关大,就是不一样,级别高。田野老师也劝他留下来,非常难得的机会。唯一的缺陷就是没有福利房了。如果他当时早一点能调到省群艺馆,还能赶上末班车，至少能分到一套八十平方米的房子。

徐爱珍一年多前和他离了婚。离婚是徐爱珍主动提出来的。在他借调后的日子里，她也不再去工人文化宫那边练剑了，而是爱上了麻将。

她突然发现，麻将是她的人生第一大快乐。

唯一的不好的，就是她在麻将上似乎总是输钱。于一心的工资卡在她手里，根本就不够用的。她有一个固定的牌友，姓胡，别人都叫他老胡。老胡经常"胡牌"。老胡是个单身，老婆多年前就和他离婚了。他没个正经工作，但他却热爱麻将。麻将几乎是他生活的全部，每天两眼一睁，想到的就是麻将。他是一个勇敢的人，因为屡战屡败，却从不气馁。气急败坏下，不过就是在牌桌上骂骂咧咧。往往从他坐上牌桌的那一刻起，骂声就不绝于耳。慢慢地，牌友们在他的谩骂里却得到越来越多的乐趣。听他骂娘，简直是乐不可支，妙不可言。徐爱珍也喜欢听他的各种骂，像在听相声。她在他的谩骂里，心理上得到了不少抚慰。这两个都是牌桌上的倒霉蛋，这共同的霉运却让他们碰撞出了"爱"的火花。

一来二去，他俩好上了。

他们睡到了一起。

所有的人都骂徐爱珍是昏了头了。但世上的事就是这样奇怪，你越是认为它不合理，它就越是往你最难以理解的方向发展。徐爱珍主动提出离婚，放弃一切，甚至连拿了于一心多少年的工资卡也不要了，直直地放在桌上，推到了于一心的面前。她愿意去和那个男人过穷日子，窝在他那个总共只有不到三十平方米的小窝棚里。

对他们而言，或许是真爱。但对大众而言，却是一件丑闻。

没人说得清于小荷是不是因为受了她妈妈这件事的影响,高考失手了。她没能考上北大、清华,或是人民大学、复旦,而是进了本省的N大。

于一心听到女儿的分数时,虽然觉得有点小小的遗憾,但还是高兴的。N大也是不得了的,这在他过去是想都不敢想的事,但女儿做到了。那时他正在艺术学院的音乐系进修,和女儿通过电话后,他就急急忙忙地从省城赶回了家里。老周叫了好几个彼此熟悉的共同的朋友,为他接风。于一心那天喝多了。女儿帮他圆梦了,圆了他多少年的大学梦。

"老子当年第一次考大学,差了两分,第二次高考差了四分半,第三次高考差了一分。他妈的,一辈子没上过大学。"于一心拍着桌子,身子摇晃。

"这是老子一辈子的遗憾。"他满嘴的酒气。

女儿于小荷和儿子于新桐只是看着他。他们知道他喝醉了。但他们不担心,因为接风的周伯伯是父亲多年的老朋友。

"女儿,你是争、争、争气的,你、你、你为、为自己争了气,也为爸、爸争了气。上了大学,那就是不、不、不、不一样的人生。"于一心说话已经打结了。

女儿大学报到那天,于一心亲自去长途汽车站接了她,然后两人一起打车到了N大。N大在郊区,打单程车费就打了六十多。于小荷说其实他们从长途汽车站那里坐公交,也是可以直达的。但是,于一心一点也不心疼。

在进修的那些日子里,于一心每个月都要去大学里看看于小荷,有时于小荷也进城到他住的地方来。他要是留在省城,和女儿相聚的机会肯定很多。但于一心还是选择回来。他没有对别人说他回来的原因。他不想说,这是他心底的秘密。

贾雯雯生病了。

贾雯雯也是反对他回来的,知道他真的回来,她真的又气又急。可是,他已经站在她的面前了,她还能有什么办法呢?

"不是因为你生病我才回来的,"他说,"我就是想回来了。没意思。我还是喜欢这里,习惯了。城市大了,生活不习惯,各种不方便。"

这样的说法没有一点的毛病,事实也的确如此,大城市都有那种"城市病"。但于一心哪里会克服不了这种由"城市病"带来的那些不方便呢?他是吃过辛苦,受过一些磨难的人。

老周大骂于一心是个笨蛋。

那么好的机会,他居然放弃了。许多人梦寐以求的事,他却放弃了。如今徐爱珍和他离婚了,女儿考在N大,儿子于新桐读书是住校的,他没有任何障碍。而且,他也可以把儿子弄在身边读书,将来就在城里考大学不是更好吗?这里有什么是他好牵挂的呢?

于一心不解释。

文化馆的新大楼已经使用了。本来早就应该竣工的,但结果却建了好几年。六层,大楼整体有漂亮的玻璃幕墙,闪闪发亮。不仅保留了展览大厅、放映厅、阅览室,还新添了健身房和女子体操健美中心。面积也大了许多。办公室也装修一新,办公桌椅都是全新的。条件的确是改善得太多,可是于一心却感觉并没有原来的老馆那样舒服。他说不清是为什么,直觉就是缺少那么一种"气"。

老周告诉于一心,赵广贵当时之所以积极地支持他被借调,是因为他嫌于一心在这里碍眼了。这大楼虽然是县里的比较重要的一个工程，但承建商却是赵广贵的儿子赵平。赵平现在独资做了一个公司，做得很有规模。他能拿到这个工程，当然是县里主要领导同意的。据说他和县里个别领导的关系好得很。

"我在这里又不碍着他们的事啊。"于一心不明白。

"问题是他为什么要让你在这里呢？"老周反问。

老周说，像赵广贵这种在基层里工作过的老狐狸，心机是很重的。他要通过积极支持你被借调，来消除和减轻你过去对他的仇恨。而且，他相信只要徐爱珍不松口，你于一心就不可能被调动。就连县文化局都害怕徐爱珍去闹，何况省城里的机关事业单位？那都是很爱惜面子的大机关。赵广贵唯一的失算，就是没想到有一天徐爱珍自己会主动放手。

于一心听了，笑了笑。

"算了，无所谓。"他说。

不调是对的，他想。他现在回来是要照顾贾雯雯。她生病了。她被检查出是乳腺癌。当他听到这个消息，心里一沉。他觉得她也许会受不了这样的打击，可是看到她时发现她在精神上还算不错。

她在家里等通知，要做复查。

"你需要我做什么吗？我能帮点什么？"他犹豫着问。

"不需要啊，"她笑笑，"你能帮我做什么？"

"也许……"他四顾着，有点想不起来什么，"你一个人总是不行的。孩子上学怎么办？"

"你能帮我挨一刀吗？"她笑着，"儿子有我妈照顾，等复查结果出来，看看情况。我弟说，如果需要就去上海。"

她弟弟在上海工作。

"你抱抱我吧。"她请求说。

他们就那样抱着，静静地，一动也不动。

4

那个早晨的雨真大，于一心刚出门身上就被淋湿了。

他很早就醒了，或者说他几乎就是一夜未眠。贾雯雯要到上海做手术了，确诊。他努力地安慰她，说不会有大问题，无非就是切一刀，清除掉里面的病灶。她是个乐观的人，这对她是很有好处的。心情决定病情。许多人得了癌症，活得好好的。

"上次在电视里看到，北京有个癌友协会，里面不少年纪挺大的，有人得了癌症，后来坚持锻炼身体，二三十年都没事。"他说。

"现在的医学发达，和过去不一样。"他说，"你去的这个上海医院是全国最好的了，权威专家，很多人都康复了。"

他想陪她一起去，但她却不让。她说她和弟弟说好了，他到车站接她。接到她，他们就直接住进医院。她弟弟是请了假的，会一直护理她，也请了护工。他是好不容易才申请到了床位，确定了主刀专家和手术时间，衔接得没有一丝的缝隙。他去了，反是碍手碍脚的。

碍事不是问题，他想。他怎么可能会碍事呢。他至少会帮她倒水，或者扶着上厕所什么的。最主要的身份问题，他算是什么呢？

很尴尬。

他是应该更早地提出和她结婚的,因为徐爱珍已经和他离婚了。他也知道有人给她介绍对象的,居然还不止一个。她都拒绝了。那些人也都是离异过的,条件参差不齐。有一个小老板经济条件还不错,三天两头地去酒店找她,积极地要求每天接送她。

她当然不会答应的。

他早点回来就好了,他后来想。离婚的时候,他是回来的。徐爱珍早把家里的东西搬走了,一件旧衣服都没留。他们约好了在民政局门口见面。离婚只用了不到十分钟,非常顺利。他当时看着那个崭新的证书还有些发怔。

大街上人来人往的。

徐爱珍独自走了,他出了民政局的小楼,站在路边抽了一支烟。烟抽完了,他心里才痛快起来。他对这段婚姻没有留恋。他早盼着离婚了。他是觉得这么多年过得有点绕,就像一个迷路的人,稀里糊涂多绕了很多弯路。这一离,他是解脱了,可她还是孩子们的妈妈。孩子们对她的感情是不会改变的。

孩子们失去了一个完整的家,他想。

他是亏欠了孩子们。

贾雯雯看到他手里的证书时,怔了一下。事先他没有对她说,因为他心里没有十足的把握能够办成。徐爱珍有时是情绪不定的,说好的事,说翻就翻。

她很快就一脸惊喜,甚至要跳起来了。是的,现在他们都是自由的人了。她隔着空气,做了一个亲他的动作。当有另外两个女服务员经过她身边时,她们互相挤着眼睛,做了鬼脸。当她们再次回头看她时,她突然说:"看什么看?是我的男朋友,不行吗?"

贾雯雯边说边往他的身上靠了靠,还用力地挽住了他的臂弯。

那天上午他们逛街了。他们第一次这样公开地逛街。于一心感觉现在的人民大街很漂亮,街面比原来宽了,商场什么也比过去更多了,更好看了。经济的繁荣是实实在在的。沿街到处是广告,不乏世界一流产品的广告,从珠宝、手表等一类奢侈品,到汽车和家电。洗发水和护肤品的广告更是铺天盖地,上面女明星特别美丽。他还看到了有KFC,上岛咖啡。

"你请我喝杯可乐吧。"她说。

他们就像一对老夫老妻,进去点了餐。不,更像是情侣。正常的老夫老妻不会这样甜蜜的。他们走路时身体几乎是挨在一起的。她进门,都是他先把门打开,然后再小心地合上。他护着她,她走路都怕她磕着。除了要两杯可乐,他还为她点了一杯甜筒、一盒鸡翅。他要了份薯条。他从不爱吃肯德基,在城里陪过女儿。他只是看着于小荷吃。店里全是年轻人,男男女女。这是周二。可见县城现在越来越热闹了。这些年外来的企业越来越多,除了本地的年轻人,外来打工的也多。

他们的眼睛对视着,简直就是一刻都不能离开。他们面对面,就那样一直笑,一直笑,无声的。笑在心里,流露在眼角,在眉梢,在双颊,在嘴边……她的表现是那样得意,手里举着甜筒,就像一个小孩子在小心翼翼地用舌尖去舔着奶油。她的舌尖是那样小心,就像蜜蜂在小心地采撷着花蕊上的花粉。

她突然把甜筒伸到他的面前,让他尝一口,他本能地躲了一下。这是一个过于亲热的举动。但他也很快回过神来,小心地咬了一点。她得意地笑起来。他用一根薯条，蘸上了西红柿酱，送到了她的嘴边。她露出了她的小虎牙，轻轻地就叼了过去。

那天晚上她把他领到了她的家里，算是正式认识了一下她的儿子。

"叫叔叔。"她说。

"叫伯伯。"他纠正说。

但不管是叔叔还是伯伯，那个孩子都不准备叫他。他迅速地专心于他摆弄的一堆玩具，把社交应酬留给了他的妈妈。应酬是大人们的事，他一点也不在乎。对一个小男孩来说，每一个陌生的男孩都可能对他构成威胁，何况是一个陌生的老男人。除了亲人外，每一个陌生老男人都是极其危险的，包括对他的母亲，哪怕他们的脸上堆着笑。

"应该叫爸爸。"在厨房里，他对她说。

她在忙着做菜，低头嘻嘻地笑，说："美得你。"

那天下午他们在菜场里买了好多的菜。熟悉她的，或是认识他的那些人，都把目光投在他们的身上。而他们是那样坦然，并且似乎是在有意地向外界宣布，他们是一对恋人。他们不用遮遮掩掩。他们在青年时短暂的恋爱，都没有像现在这样坦荡过。

"我烧的菜好吃吗？"

"好吃。真好吃。"

"你会成为一个大胖子的。"她说。

老于怎么能忘记那个晚餐的温馨呢？那是他第一次到她家里。她等于向孩子暗示了，向邻居们公布了，向所有的人公布了。而在此之前，他们从没这样公开过，尤其是他们暗暗地做情人的日子，更是提心吊胆。他们不知道他们之间的关系有没有被暴露，至少自己做得非常小心。有两次在酒店里，很晚了，有人敲老于房间的门，老于反锁了，没有开。她的脸都吓白了。

她是个胆子很小的女人。

之后他们计划着在某个合适的时间向众人公开，但是她却一直犹豫着，她似乎是担心他的调动会受影响。她这样的担心完全是多余的，没有道理。她倒是问过他，现在借调单位是否知道他的情况，他脱口就说，知道的。他的确是说过，他离婚了。

"那他们会知道我吗？"她调皮地看着他。

他笑了，当然是不知道的，现在还不到时候。而且，他还不是那个单位的人啊，只是借调在那里。他并不知道她其实是个心思很细的女人，虽然看上去她是那样开朗，大大咧咧的样子。

这样一个性格活泼的女人却不幸得上了乳腺癌，这是他怎么也想不到的。她是那样健康、年轻，她内心里得多紧张啊。她装着笑，装着满不在乎的样子。她越是这样，他越是痛心。但他也只是把这份心痛藏着，不在她面前露出半点的慌张。

他希望她能平安。

雨是半夜里下了，他听得很真切。她很坚决地说不需要他送，但他翻来覆去想了一晚还是决定去送她。当他身上几乎湿透了，出现在她家门前时，她吃了一惊。他看到她的母亲，也是一脸的诧异。她母亲似乎有点明白，很客气地向他微笑着。

到了车站，她还是坚决不让他送。他和长途车的司机都说好了，临时补票。她却十分坚决，不同意他陪伴。他看她几乎快要哭了，这才赶紧放弃。

雨停了，虽然天空还是阴的。

于一心身上湿湿的，看上去有点狼狈。他们一直拉着手。他站在车下，她靠着车窗。她带了一只很大的旅行箱。他一再嘱咐她，到了要给他打电话。他没有说等她开刀后要给他电话，因为他知道她肯定需要静养。

"也许……也许……开了……下不了床呢。"

"不要乱说。"他做出有点生气的样子，"不许胡说。"

"也不是不可能啊。"她说，"有人就这样呢。"

"不要胡说！"

他第一次在她的脸上，看到了一些忧伤。

"我会想你的。"她说，她用力地捏了捏他的大手。

"我也想你。"

两人一时沉默着。

"家里还有什么需要我做的吗？"他问。

"没事，我妈在这里，他上学有我妈呢。"

当车子开远了，完全不见了，他才慢慢地离开车站。他选择走路，慢慢地让自己的情绪平复下来。她这一去，会是什么结局呢？他不知道。但不管如何，他也会选择和她结婚。他要照顾她，照顾她一辈子，直到她离开这个世界。

突然，天地间一片明亮。太阳把浓厚的层层叠叠的乌云，烫出了一块破洞，那破洞越来越大，天空慢慢露出了原来的青蓝。

他的心情一下子也有点开朗起来，他相信这是一个好兆头。他相信贾雯雯在车上肯定也看到了，天空的一片晴朗。

"菩萨保佑吧，菩萨保佑。"他在心里默念着。

5

　　一天只有二十四小时,这是物理时间。但一天也可能是一千个小时,一万个小时,这是心理时间。

　　于一心在那最初的几天里,真正知道了什么叫煎熬。一颗心,就像一个面团掉进了滚烫的油锅里,他亲眼看到它在滚开的热油里被煎炸,冒着无数的小气泡,翻滚着,迅速地变黄,变焦……

　　她现在怎么样了呢?她可以让她弟弟发一个短信给他啊。当然,这只是他乱想的。也许她弟弟会打电话给她的妈妈。是的,她妈妈一定是知道的。白天里他还能想起别的事情,总能分散一下注意力。可是,到了晚上,他头脑里想的全是她开刀的事。他头脑里全是各种坏想法,非常非常不好的想法。他被自己的那些想法吓了一跳。

　　"呸!呸!呸!我怎么会有这么恶毒的想法哟?我还是男人吗?我这不是在诅咒她吗?她的苦痛应该全转移到我的身上。她还年轻,她的孩子还小。我的头脑里怎么会有这么多的坏想法呢?真是猪啊。"

　　到第三天,他真的忍不住了。他去了她的家,他要去找她的妈妈。她妈妈一定是知道她的近况的。可是,他敲门的声音把对门都惊动了,家里也没人开门。

　　"不在家。"对门的邻居是个胖女人,一脸的惊讶,"不在家的。她妈妈吗?也没见。也许回老家了?"

　　于一心感觉他要急疯了。

6

她是个不一样的女人，于一心想。

换了别的女人，一定会答应他的。可是，面对他的求婚，她却显得极为犹豫。"我会拖累你的。"她说，"你会后悔的。"

"我不后悔。"他很坚决地说，"以后我可以照顾你的。"

"不急，我现在是一只煮熟了的鸭子，飞不了。"她笑得有点伤感，"没人再会看中我了。"

"没人惦记着才好。"他笑着说。

于一心那次赶到上海，费了很大的周折才在医院里找到她。她弟弟看到他时先是怔了一下，但很快就有些明白了。上海那样大，他能不辞辛劳地找来真是不容易。她哥哥见到老于似乎有点不高兴。她哥哥也在上海，是转业的，在黄浦区的政府机关里担任一名处级干部。老于心里对自己说：没什么的，他曾经是军人，思想比较正统。只要他们对她是好的，对自己冷淡没什么。的确，他的身份是那样模糊。

看到她好好的，他的一颗心就安定了。她弟弟含糊地告诉他，姐姐的情况不太好，右乳做了切除。而且医生暗示说，现在看起来情况还不错，但还是要观察，每年要做复查。他心里沉了一下，心想这事对她肯定是个打击。她是个爱美的女人，一定也非常爱惜自己身体的每一部分，但是与生命比起来，切除一只右乳并不算什么，他想。

贾雯雯醒来时看到他肯定是被感动了一下的，咧开嘴角笑了。房间里没有别人时，他们的手拉在了一起。他紧紧地握着她的手，不想放开。她已经转到了普通病房，身体还很虚弱。她的手绵绵的，无力。他的大手握着它，仿佛告诉她，一切都挺过来了。有他在，她不必担心。而且，他知道了一切，她不必担心今后的生活会有什么变故。他要她这个人，不管她会变成怎样。

"没事了，真好。"他说。

她突然就双目流泪了。

他用手去拭她的泪。

"没事了，没事了。"

他像是在哄一个孩子。

"你的'城市户口'没了。"她说。

他听了一怔，旋即意识到了，笑起来。

"没了就没了，反正现在不需要了。"他笑着说。

回来的那天，于一心坚持要包一辆出租。她弟弟看他坚持要这样做，也只好同意了。临上车时，她哥哥居然和他握了一下，手上很有劲。

"给你添麻烦了。"他说。

老于瞬间心里一热，赶紧说："没关系的，没关系，是我应该的。"

贾雯雯坐在车里，一直偎在于一心的身上。司机以为他们是一对夫妻。这是一笔大生意，司机很高兴。阳光很好。出租车在广阔的平原上飞驶。高速公路的两边都是农田。

"回家了。"他说，"我们回家。"

她一直看着车窗外的景色。

"人还不如草木。"她突然说。

"为什么?"

"你看外面的草木,每年枯了,第二年还能返青。人要是没了,就永远没了。"

他听到了她轻轻的叹息:"傻,人和草木怎么能一样呢?草木无情。所以,不管返青多少年也是没意义的。"

邻居们都看到了,贾雯雯是被于一心抱上楼的。这就等于说,他们如今是一对了,虽然并没有去进行合法的婚姻登记。

在这个县城里,于一心在人们的眼里显得有些怪了。熟悉的或是不熟悉的,都认为他是一个怪人,怪得不能理解。明明可以留在省里提成副处级干部,却偏要回到文化馆当一个普通馆员。好不容易终于离婚了,却和一个得了癌症的女人好上了。这个女人还被切了一只奶子,那得有多丑啊。一个女人要是被切了子宫,外表上还看不出。可是,切了一个乳房,外表上就会有一道很大的疤痕。他看了不觉得恐怖吗?他为什么要娶一个这样的女人呢?以他现在的条件,找一个大龄的未婚姑娘也并不算难。要知道现在的于一心不是过去的于一心,他现在有钱。

是的,于一心最近这些年积攒了一些稿酬。有人请他写歌,有歌唱演员,也有企业请他写厂歌。在县城的文化人里,他算是有钱的。而这些年里,来县城打工的外来人口中不少是未婚女性。他要有心,不愁找不到年轻漂亮的。

"没必要吧?"老周对于一心这样的做法也是不解的,"你这样对她已经很好了,但没有必要非要娶她嘛。她这种病说不好的,长的也能拖一二十年,短的一年半年的。万一有个三长两短的,你不是人财两空?"

"就算只有一天,我也要娶她。"于一心说。

当然,他也就是这样一说。他知道,他必须等她身体慢慢地恢复。他要好好地办一个仪式,他要和她拍结婚照,要宴请亲友。他不可能只是悄悄地和她领个结婚证就住在一起,这是对她的不尊重。

他相信她会好起来。

他要和她一起战胜病魔。

"我会耽误你的。"她并不觉得他这样的想法是个好提议。

她不想让自己成为别人的闲话。她会成为他的负累的,也一定会的。她要做的不是和他结合,而是如何抵抗病魔。她希望自己能好起来,她还想有一天要工作,挣钱,抚养儿子长大。这是她一个做母亲的责任。她知道这样一定会让于一心失望的,但这也是为他好,她想。他终有一天会理解她。

"我不适合你了,"她说,"我现在这样子,真的。"

"别说傻话了。"

"真的,我已经很满足了,"她是真心的,觉得于一心为她所做的已经超过了她的期盼,她不能要求更多了。

于一心不管,他愿意等她,守着她。

第二章
（2011年一）

1

县城的扩张越来越厉害了，外围几乎又扩出了一个新的县城。街上比平常更热闹，人更多，车水马龙。街上的店铺里播放着各种流行歌曲。于一心觉得现在的许多流行歌曲是他听不懂的。有些歌星才流行没多久，别人告诉他这已经落伍了。歌星们走马灯似的。贾雯雯有次向他推荐了莫文蔚的歌，他专门买了一份专辑听了，什么《单人房双人床》《我明白他》《如果你是李白》……他完全没听懂。

也许你的爱　是双人床
说不定谁都可以陪你去流浪
你的目光　锁在某个地方
你的倔强是一道墙　内心不开放
也许你的心　是单人房
多了一个人就会　显得很紧张
想看看　你最初的模样

你脱下来的伪装　你会怎么放
……

时代不一样了。

现在的流行歌曲的歌词让他感觉很陌生。他熟悉的方式往往是对自然的美的赞颂，对时代、社会的抒情，词曲里体现的都是个人和自然、社会的紧密依存。而现在的歌曲在他听来更像是一种梦呓，更加自我。他感觉有些怪怪的，说不好。是的，初听时有点怪，可是他再细听听，却觉得又别有一种滋味。

他想到他过去在乡下第一次吃巧克力，第一次喝咖啡，感觉是那样怪异，不好吃。事实证明那只是他自己的问题，而不是巧克力的问题。

县城里的商业气氛更浓烈了，街面变得整洁、漂亮。城郊的一些建筑物的围墙上到处可见"树立科学发展观，共建和谐社会"一类的标语，连国道上也有这样的宣传牌。外围的村子里也在发生着变化，不少人家都盖起了小楼。

于一心时不时地还会回老家去看看。他几次提出把父亲接到城里来住，但老人不愿意。他喜欢待在村里，村里的环境和邻居都是他所熟悉的，多少年了相安无事。他不喜欢县城，热闹归热闹，但感觉乱糟糟的。每到清明，于一心都会回去扫墓。有时他也会在玉卿嫂的墓前站一会儿，她的墓碑显得又矮又破。他每次看了，心里都有些难受。一晃那么多年过去了，还有谁记得她呢？她的男人老得厉害，生活有些艰难。没有女人的家庭肯定是不圆满的，日子难免过得有些邋遢。他们的孩子大了，在外地打工。

时光真是快，老于想，当年自己离开这个村子时，也还是个青年。可是，现在许多小孩子都长大了。那些小孩子当年都还没出生，甚至连精虫都不算呢。过去他算是村里走出去最有出息的人，如今村里在外的年轻人很多。除了在外打工，也有出去当兵的，读大学的，做生意的。他当年教过的学生里，许多都结婚了，有了孩子。他们中有人发财了，办厂子，或是在外地工作。回乡时也是风光无限，开着小汽车，带着妻子或丈夫以及孩子。

他们赶上了一个好时代，他想。

也有一些不好的事情。离村子不远的国道边上设立了一个化工园区，里面驻扎了许多化工企业。这些企业都是最近两三年陆续驻扎进来的。村里的一些人可以到里面的工厂打工，不必到更远的地方去。但是，化工污染太重了。空气里有一股浓烈的气味，风刮去，麦子都会枯死。附近沟渠里的水，也都有一股恶臭，泛着白色的泡沫。

村里的消息是不少的，让于一心听了也是吃惊的，什么谁家的姑娘在外面做了什么包工头的二奶，谁家的小媳妇做足浴……这在过去是难以想象的，但现在不一样了，人们不会感到多奇怪。

父亲对于一心的离婚事实有好久是不能接受的，但他无可奈何。于一心已经不是一个青年了，儿女都已经长大了。他已经不能教育于一心了。于一心现在是到了教育他自己子女的年龄了。

一代有一代的使命。

于一心觉得他的儿女比他所处的时代要好得多，因为他进了城。儿女们的起点和他当年是完全不同的。这是他当年努力的价值所在。

是的，他希望他的价值能更多地在儿女们身上体现出来。

2

贾雯雯在一点点地好起来，于一心感觉。

很多人都是这样的感觉，她在恢复健康。医生说像她这样的情况，只要在术后能巩固好，度过五年的康复期，以后完全可以像正常人一样生活。除了定期复查外，她一直在吃一种口嚼片。曾经因为化疗被剃掉的头发，现在又长到齐肩了。

表面上看，贾雯雯和过去没有太大的差别。她的脸色又有了红润，又恢复了调皮爱笑的本性。他们经常一起逛街，一起去菜场。很多人熟悉了他们，也接受了他们。他们觉得周围的人还是很友善的。周围的人认为他是一个很好的男人，非常难得，在明知贾雯雯生病的这种情况下，不离不弃，有几个男人能做到他这样呢？

于一心并不觉得他这样做有什么特别，只是觉得能和她在一起是件很满足的事。他喜欢陪伴她。他现在没有什么特别的想法，很知足。于新桐也考上大学了，考得不太理想，去了外省的一个二本大学。但儿子挺满足的。儿子满足，于一心就也满足。不管如何，他们都比自己当年强太多了。

一对儿女是他的骄傲。

就在于一心从省城回到县文化馆的第三年，赵广贵的大儿子赵平出事了，被有关部门带走了，没有任何消息，像是从这个世上蒸发了一样。有人说他是被县委书记牵扯进去的。县委书记因为贪污受贿被判了十二年。公布的数字是贪污了三百多万,但有人说事实上三千万都不止。于一心相信后一种说法。对于这个书记他是听了不少传闻的。这些年来,县里的经济有了很大的发展,但是他个人捞的油水就更多了。就以文化馆这个新楼来说,居然花了一个多亿,严重超出了预算。有一段时间,人们经常看到赵平往县委书记的办公室跑。至于私下里他们勾肩搭背,出入娱乐场所更是隔三岔五了。

赵广贵那一年多里,萎靡得很。他的头发迅速地花白了,每天上班手里也不再端着泡了枸杞一类的养生茶的茶杯了,也不再经常到各个办公室去串门了。很多时候,他的办公室的大门是关着的。

外面风言风语很多。

赵广贵吃不好,睡不好,表面上还得强打精神。他不知道儿子什么时候才能被放出来。而且,他担心这事继续往深处发酵。他每天坐在办公室里,惶惶不可终日。他感觉自己是坐在一颗巨大的定时炸弹上。他是知道馆里有不少人对他是有意见的,他们亲眼看见过在文化馆的兴建当中,顺带把他家也装修一新了。他知道一般人并不足为惧,最让他担心的就是于一心。于一心在省城里待了好几年,是有不少的门路的,他相信。

于一心和他是有新仇与旧恨的。

他不明白于一心为什么要回来。他回来,就又多增加了一分威胁。于一心的韧劲,让他在心里有些畏惧。多年前他以为那次打击报复,就足够把他摧毁掉,没想到他居然挣扎了起来,而且还比过去更体面了。鬼使神差,他们还到一个单位共事了。这个人有一股不能低估的力量,他想。

  赵广贵不知道,于一心那时的心思不在他身上。他全心全意地关注着贾雯雯。他和贾雯雯的关系,只有老父亲是不能理解的。他回老家看望老父亲,老人也只是叹气。他想不明白,一个男人得有多专情,才会这样呢?

  于一心想要努力地帮着贾雯雯完全地恢复健康。他知道完全恢复到原来的样子在科学上是不可能的,但他相信奇迹。他在照顾她的过程里,获得心理上的满足。他越是对她好,她越是内疚。他们很少再有肉体上的亲热,而每次亲热,她都穿着内衣。她不肯脱,束得紧紧的,哪怕是大热的天气也这样。她只接受他一边的抚摸。他知道她对这事是极其敏感的,所以努力地回避它。其实他很想看看她的那个伤痕。他爱她,一点也不在乎她的缺陷。

  "我现在是残废人。"她说。

  "别乱说,有这种病的妇女还是不少呢。"

  "你的'城市户口'没了,我是独奶。"她打趣说,红了脸。

  "不是还有一个'干部编制'吗?"他笑着,"'干部编制'比'城市户口'更重要。"

  "你真的没必要再要我。你这是前世喝了我的迷魂汤吗?"

  "一定是啊。要不我怎么会这样呢?"

  "要怪就怪你的名字起得不好啊。"

  "我的名字怎么了?"

  "因为你叫一心啊,一心一意。"她笑着,"一心一意地对着一个残废人。"

  老于就笑,他觉得这一心一意是值得的。他现在欲求不多,简单得很。于小荷毕业了，工作了，在一家文化公司里。于一心有时会忍不住想，要是自己留在省城，会不会对女儿找一份更好的工作有帮助呢？答案是肯定的。文化厅下属那么多的单位，肯定有适合于小荷的。他要是在艺术研究院里，肯定是可以托一些人情帮忙的。而且，于小荷毕竟是名校毕业。一切都变了，和过去不一样了。即使是N大这样的学校，毕业生都不再分配工作了。

对于一心而言，他内心里多么希望女儿能考在机关里啊，当公务员，或者是在事业单位里。但既然自己没有能力帮到女儿，他也就只能把这话藏在心里。他知道于小荷找一份工作不容易，即使是现在的公司。小公司，工作累不说，报酬也低。每月的工资付了房租后，日常开支还要尽量节省，基本就不剩什么钱了。女儿有一次甚至想干脆回来，做"大学生村官"，这样干几年，有机会到镇政府或是县里的机关。

"不行，这事肯定不行。"于一心说。

这是老于无论如何都不能同意的。他自己好不容易才从村里挣扎着出来，怎么可以让读了N大的于小荷重新回到村里呢。她年轻，不懂得基层的厉害和复杂。年轻人往往把现实想得太简单，以为乡村里一片田园风光，村民们很纯朴。他是过来人，懂得人性中的黑暗。简单里往往有粗暴的凶险。

他宁愿于小荷在大城市里就这样漂着。

女孩有两次改变人生命运的机会，一次是高考，一次是嫁人。于小荷已经用高考改变了一次，看上去似乎面貌的改变不大，但其实这是一次非常重要的改变。这就像是一次越杆跳高，原来只是徒手跳，但现在她的手里握了一根很高的撑杆。他相信这两次，她一定会跳得更好一些。所以，他一有机会就会对于小荷灌输一些人生道理，尤其是对婚姻的感悟。

老于知道自己的婚姻是失败的，女儿并不服他的说教。但是，正因为自己失败了，所以才会有这么多的婚姻感悟。他希望女儿能把握好这第二次机会，因为这也是她人生最最重要的一次机会，甚至比前一次更加重要。把握住了第一次机会，对第二次来说不过是锦上添花。没有第一次机会，第二次机会还能有补救。如果第二次机会失败了，那么连同第一次的都是前功尽弃。

于小荷经常回来，通常只是一两天，最多也不会超三天。她回来忙得很，不是要办相关的业务，就是和同学约着看电影或吃饭。有时她也会去看她妈。他从来也不问她妈的情况，她也从不对他说。她是认识贾雯雯的，也见过不止一次，互相间非常友好。她俩甚至还一起逛过街。贾雯雯买过两件衣服给她，而她也给贾雯雯送过一只包，很时髦的款式。

老于能感觉得到，贾雯雯对于小荷是用心的，她怕于小荷有看法。老于也曾经问过于小荷对这事的看法，她回答得非常直截："我不管你们的事。你们自己处理就好。"

贾雯雯是知道于小荷的态度的，所以她后来还是比较放松的。儿子也住校了，只有到了周末才回家。所以，她只是平时在他这里。最要命的是，她居然悄悄地找了一份工作，在超市里。老于是坚决反对她工作的，但是她说活很轻，不重，她需要一份工作。

"总闷在家里并不好，"她说，"这是医生说的。"

这理由是很说得过去的，但是老于知道，她其实还是想有一份收入。她拒绝他在经济上对她提供更多的帮助。

"我真的不需要。"她说,"我过去还是积攒了一些钱的。"

3

赵广贵退休了。

按理说,他还有一年多才到实际退休年龄,他算是提前退的。组织上找他谈过话,行政上把他从副科降为股级。据说领导们收过不少的举报信,甚至把他当年在乡下害人的事都检举了,尤其是关于钱洁老师的那件事。县纪委最后审查了他,经济上的确是有问题的。行政降级,提前退休,就算是对他的处罚,放过了。

老于在电梯里看到了他,他的表情有些尴尬。

"你这就退休了?"老于问。

"退了,退了。"赵广贵脸上堆着笑,但全是装出来的。

老于在那一刻,特别想抽他一个大嘴巴子,却到底忍住了。

"不容易,"老于说,"不容易,终于退休了。这么多年,你没干过几件人事啊。"

赵广贵的脸上红一阵白一阵。

"畜生,畜生,畜生都不如。"老于说,"你总算有了这一天。"

赵广贵居然只是听着,一句反驳或是对骂的勇气都没有。这在过去是不可想象的。如果他敢对骂一句,甚至是动手,那么等待他的一定是一顿痛揍,于一心想。是的,他一定会出手,打得赵广贵满地找牙。于一心甚至在心里盼望着赵广贵能反击他,这样自己才可以理直气壮地狠狠地回击他,痛揍他。

但赵广贵没有。

赵广贵全盘接受了他的羞辱。

小街上不知道谁家突然放起了鞭炮，应该是有什么店铺开业或者是谁家有婚庆。这是多么巧合的一件事啊，放得适当其时。当他看赵广贵在鞭炮的硝烟里狼狈地离开后，心里忽然有些空落落的。

终于结束了，是的，一切都结束了。

当那个晚上他陪着贾雯雯散步，他们在她家边上的那个广场上坐下，看着那些闪烁的彩灯和跳健身舞的中年妇女时，他告诉她，赵广贵退休了。

"你胜利了！"她说。

她知道他过去的故事。

是啊，他胜了，真的胜了，胜得非常彻底。如果当年他不是走出来，可能就永远地"死"在村子里了。当时明明他是对的，而赵广贵是错的，可输的却是他。他对抗的不止是一个赵广贵，赵广贵的身后还有他的一些势力。现在赵广贵退休了，彻底地退出舞台了，越广贵再也没办法整治他了。经过了这么多年的明争暗斗，于一心是最终的胜利者。

这是最后的胜利，于一心想。

晚风吹在他们的身上，他感觉有些凉，搂了搂她的肩膀说："回去吧。"

她抬头看了看天，有许多的星星。

"明天是个好天气。"

4

于一心好几年没有新作品了,他曾经经历的抒情时代似乎一去不复返,而许多新的流行歌曲完全在他的审美经验范围之外,他是跟不上时代的节奏了。在他看来,好多歌曲毫无经典意义上的那种审美,甚至是古怪而丑陋的,但却时髦得很。他内心里不服输。他一直想写一部交响曲,他有这样的野心。

交响曲的名字就叫《时代》。

这样的野心对他而言,的确是太大了。他写了一点开头,就又撕了。他知道自己的能力达不到,也许是才华实在是相差太大。虽然他在大学的音乐系里进修过,专业知识比原来掌握得更多,更丰富,但这并不是仅仅靠技巧就能解决的。他知道自己没有把握住这个时代最最核心的东西,所以他往往只写出一点小序曲就难以深入了。音乐的主题必定要有一定的重量,那应该是一部非常恢宏的巨作,气势磅礴。这野心在他的心里燃烧,全身发烫。可是,他却毫无办法,找不到头绪。

他被折磨得有些痛苦。

这是能力不相称的一种痛苦。

他看到贾雯雯的情况似乎是稳定了。

天气好的时候,贾雯雯会去沿河三村的那个小树林公园里去健身。老于推荐她学气功,打打太极。她倒是爱上了跳舞,而且是那种很潮的广场舞。从风靡一时的《小苹果》,到什么流行的鬼步舞,她学得快,很开心。老于感觉她在慢慢地恢复,心里有点高兴,仿佛看到了不少希望。

他也决定学些什么。

他想去学开车,考驾照。

"等我考过了驾照,我们到时买一辆车子,带你到处跑。"老于说,"我们可以到北京,去长城。还可以到海南,看看天涯海角。"

贾雯雯就笑:"我可没钱买车票啊。"

"你是贵宾,不要票。"他说,"等我退休,我们就一起跑。"

很多人都知道他们是要好的一对,只是不理解老于为什么会这样痴情。这样的事,老于也不需要向别人解释。这世界上的许多事是说不清的。

贾雯雯要到上海去复查。

老于说:"我陪你去吧。"

"不用。"她说。

外表上看她和正常人一样了,很精神。她不想影响他的工作。老于看她态度坚决,就没有再坚持。

"有什么情况及时告诉我。"他叮嘱说。

"行。"她笑笑,"要是有情况,那就一定是坏消息。"

"别胡说,"老于说,"乌鸦嘴。"

她临去上海的那个晚上,他又去看她了。他们紧紧地搂在一起。他不能送她,因为第二天他要陪省里来的一个采风团到新港镇去。他吻了她。她有些羞惭。他们感觉现在的关系纯洁得不行,很少有肌肤之亲。他只希望她的身体能尽快地好起来,完全地恢复。

"太对不起你了。"她常常这样说。

"别说傻话。"他觉得自己这样一心对她,很知足。他觉得是他亏欠了她,而不是她亏欠了自己。

老于虽然人在采风团里,但心却一直在贾雯雯的身上。采风团里有不少新面孔,是老于所不熟悉的。他们到达的当天,县里的领导都出面接待了。从县委书记到文化局局长,悉数参加。老于既是采风团的成员之一,又是向导兼地陪。

领队的是省音协的一个秘书长,他告诉老于,说田老前年中风,现在早已经不能动了,一直住在医院里。老于想,也许自己近些日子应该抽空去看看他。之前借调在省城的那段日子,他倒是经常去的。可是,这一回来居然再没去过。

老于也有好些年没来过新港镇了,感觉面貌大变。看得出来,这里比过去更加富裕了,街面上比过去漂亮多了,好多楼房看上去更新更高大更洋气。几乎有七成以上的建筑是后来新建的,老于当时没见过。现在的新港镇致富已经不单是出海捕捞了,这里还有大棚培育郁金香,有上百个品种,销往全国各地,甚至还有出口的。

镇党委书记原来是县体育局局长,姓刘,和老于是熟人,见了自然格外亲热。这次采风是刘书记一年多前就委托老于组织的,他来这个镇也有三年时间,头脑里有许多的想法。他想把这个镇子炒起来,打出名气来。而想来想去,只有请老于找来些词曲作家,到镇上来走走,每人写一两首曲子。词作家和曲作家人数相差不大,有男有女,很是热闹。报酬不用说,每人一个大红包。如果有曲子将来唱红了,镇里还会另有奖励。

省音协的秘书长提过要求,采风团来了,不需要搞官方的欢迎仪式，一切从简。直接到海边，看看大海，甚至是坐着小船出海。住宿可以安排在镇上的宾馆里，但吃饭必须是在渔民家里，有什么吃什么。当然，虽然如此说，但镇上还是做了精心的安排。出海的船必须是全镇上最好的，安排接待的渔民家里，也必须是干净的，农家乐式的。老于想到他的那个女同学就在镇上，刘书记也是一个明白人，立即就说那就安排在你同学家里好了。

女同学看到老于是又惊又喜欢。

她老了，面容已经完全是老年女性的样子。她已经有孙子了，一家和儿子媳妇生活在一起。她男人也是一个老实人，他还认得于一心。他们都知道老于现在是个人物了。他们都为他今天的成就感到高兴，又多少有些为当年把他介绍到船上差点丢了性命而感到不安。他们一点也不知道老于这么多年来在心里多么地感激他们，是真心的感激。老于只是深藏着，在心底。看到她家的经济条件也还不错，二层小楼，中间还有个很大的院子，老于夸赞不已。

第二天下午，老于的电话突然响起来，是贾雯雯的弟弟打来的，说他姐姐的情况不太好。老于心里一惊，决定立即就往上海赶。她弟弟却安慰他说，不要急。他说就算老于去了，也是于事无补。而且她现在的情绪比较激烈，见了他说不定受到的刺激反而更强烈。

"左边也有点问题。"她弟弟在电话里说。

老于的情绪跌到了谷底。

"还要进一步确认。如果确诊了，可能就要再一次动手术。"她弟弟的语气很虚弱，生怕他姐姐会失去老于这样的"男友"。

老天爷为什么要这样惩罚她呢？她是那样的一个可怜女人。她那样善良，也没做过什么坏事，为什么要这样一再地打击她？她已经被割过一刀了，还要怎么样呢？

老于心里冰凉的，他难以想象这事对她的打击。她能挺过这一关吗？

太不公平了，他想。他诅咒老天爷，又希望老天爷能保佑她。最多就是两只都割去，只要人还在就好。没有什么比生命更重要的了。就算失去双乳，她依然是一个可爱的女人。

他能做些什么呢？最要紧的也许就是给她的账户里打一笔钱。再次手术肯定是需要钱的。既然她弟弟让他暂时不要去，肯定是需要帮助的，只是没法明说。所以，他赶紧又打电话过去，问贾雯雯弟弟的账号。

"就算暂时用不到，我也先汇过去吧。"他说，"我先汇十五万吧，要是不够了，再说。万一要是需要了，临时上哪儿凑钱去。"

"我汇给你，你先存着吧。"他心里急得很，但语气上尽量平缓。

"过几天我就过去看看她。"他说。

她弟弟犹豫了一下，答应了。

不管怎样，他要把钱汇过去，确保她能顺利地进行手术，于一心想，这是他最容易做到的事。他并不知道她的手术费用需要多少钱，说过了才意识到自己的银行存款里一下子并不能取出那样多。他所能做的，就是临时筹借。

他想到了过去的一个同学，只能从他那里想想办法。

当他赶回县里在城北找到姚三时，姚三只是犹豫了一下，还是迅速地答应了。姚三甚至都没问他要钱是做什么的。

姚三是他的初中同学。

姚三这几年发大了,他在城北做水产生意,很辛苦。他们有一段时间经常见面。那时姚三只是一个人忙,身上的衣服脏得不行,满是鱼鳞和泥水。他的一双手在水里是通红的,尤其是冬天里,他的手掌虎口那里都皲裂出血。

"辛苦啊,真辛苦啊。"那时他每次见到于一心都这样感慨。

他羡慕于一心,觉得于一心努力了,成了城里人,很不容易。于一心和别的同学不一样,不低看他。所以,他对于一心是感激的。他把于一心当成他的骄傲。也就是这六七年,姚三做大了。城北这一片的水产基本都是他的。他也早不再自己守着鱼摊杀鱼了。他搞批发。他的批发触角甚至遍布到周边的好几个县市。

于一心现在羡慕他了。

5

贾雯雯真的又一次渡过了难关。

医生说定期复查是非常有必要的。他说了许多医学上的专用术语,说她这个样子已经是个奇迹了。她这次不仅把另一个乳房也切了,还切除了两侧的卵巢。

"要有思想准备。"那个医生看着老于说。

他显然把老于当成了她的丈夫了。他话里的意思,老于全明白了。事实上,他不需要有太多的思想准备,他无法回避,也无可逃遁。他要一直陪她走到最后,他想。

"你在乎的,全没了。"她看到他时,说的第一句话。

"什么?"

"'城市户口'没了,现在'干部编制'也没了。"她笑着说,可马上又哭起来。

"傻瓜。"他赶紧安抚她,"那都不重要。"

到这个份上,她还开自己的玩笑,可见她是多么坚强,他想。"人在就好,那些都不重要。"他说。

她抹着眼泪,笑着,露出一口白牙:"你这个骗子,净说好听的。"

"真的,那个反正是多余的。"他故意眨一下眼睛,"你不知道现在这两样东西都不重要了吗?"

"已经这样了,你就不要安慰我了。"她叹着气。

他知道这对她意味着什么。这样的打击有几个女人能接受得了呢?她这样子,已经很出他的意料了。她坚强得让他内心很震惊。如果他是她,能经受得住这样的打击吗?

老于老了。

文化馆的同事都说老于老了,大半年时间里,老于的头发白了许多。他们都觉得老于这时已经可以放手了,他做得已经够多的了。毕竟,他是没有名分的,能做到这样已经非常了不起了。老周也说,老于是天下第一有情男人。

到年龄了,应该老了,老于想。他也不想自己有多年轻。最好他能和贾雯雯一起老去。劳累是必然的,他前面的两三年时间里差不多全扑在了贾雯雯身上,照顾她。除了他有时间,别人也指望不上。他很庆幸自己能帮到她。

在贾雯雯做了第二次手术后，贾雯雯的前夫找到了他。

她前夫是个胖子，的确是一个有钱人，开了一辆崭新的黑色奔驰。他好久前就听说贾雯雯病了，但是一直没来看过她。这么多年过去了，他觉得到了他应该来看望她的时候了，毕竟他们拥有一个共同的孩子。但贾雯雯却不愿意见他，情绪很激烈。

两个男人就很尴尬地坐在了咖啡馆里。

老于的心里有无限的感慨。

眼前的这个男人，是不是造成贾雯雯得病的原因之一呢？老于在心里想。当然，这纯粹是诛心之论。不管怎样，是他最先背叛了她。其实两个男人没有什么好说的，各有各的心思，各是各的生存状况。作为贾雯雯的前夫，他也无法理解对面的这个男人，怎么会惹上了她，就像是接了一块烧得滚烫的红砖。他真的有些可怜老于，同情老于了。

他给了老于一张银行卡。

"这卡里有二十万，你给她。"他说。

老于感觉有些为难，他相信她是不会接受的。他了解她的性格。那次从上海回来的第二天，她就给他一张卡，说是里面有他当时给的十五万。

"我不能动你的钱。"她说，"你这样我已经感激不尽了。"

老于无语得很。他知道她的经济情况，她怎么可以分得这样清呢？她应该是知道他的真心实意的，可是她就是要拒绝。她父母曾经想劝她把现在的房子卖了，她也有些犹豫，想换一个小一些的房子，被他阻止了。

"为什么要卖房子呢？大家凑凑也就能对付了。你把房子卖了，儿子将来要埋怨你的。"他说。

他在自己的能力范围里，是一定要帮她的。

"你先帮我收下吧，"那个男人很诚恳地对老于说，"你不要告诉她，万一将来有用呢？如果不用就留着好了，儿子将来上高中肯定也是需要钱的。"

老于在心里忽然觉得这个男人在这时，也并不那么令人讨厌了。他很坦诚地对他说，他收下是不合适的，因为他和贾雯雯现在只是"朋友"关系。除了"朋友"那个词，他一时找不到更合适的身份词。他是想说"情人"或是"男女关系"的，但话到嘴边又咽了回去。他相信那个男人是懂的，毕竟除了这层关系，谁还会像他这样投入和付出呢？

于小荷对家里的情况是知道的，所以在贾雯雯第一次手术后，她有次从省城回来，看着老于，突然说："你还要坚持吗？"

"什么？"老于听了一愣，当时都没能听明白。

"你还要坚持吗？"于小荷几乎是一字一顿地说出来的。

"她这样子能坚持多久？其实她也很累。你这样执着，她一定感到亏欠你太多。你越是执着，她越是觉得亏欠你的。她会不安。"于小荷说。

老于听了，木然了。从来没有人像于小荷这样分析问题，这是一个很新颖的角度。他曾经自以为自己对贾雯雯是了解的，现在看来他了解得还真是不够。他仿佛突然就明白，为什么贾雯雯不肯和他办手续了。其实她内心里是多么渴望和他在一起啊，她不止一次地说："要是和你生活在一起就好了。"

"那我们结婚吧。"他也不止一次地回应她。

"不,"她说,"烦死人了。你没听说一句话,'婚姻是爱情的坟墓'吗?"

她大笑起来:"还是爱情好。"

他当时觉得她有时让人捉摸不定,是个心口不一的多变女人。当然,他喜欢她这样的小性格。可现在听了女儿这样的话,觉得贾雯雯其实内心考虑得很多,很深,很复杂。

"要学会放手,"于小荷说,"有时越挣扎,越痛苦。"

老于理解女儿的好心,但是他不会照她的话去做。他必须坚持。让他感到高兴的是,于小荷仿佛恋爱了。那个小伙子好像是她的高中同学,也是N大毕业的,只是专业不同。小伙子在一家律师事务所,收入相当不错,只是忙,忙得很。

"忙是好事,"老于说,"忙才有前途。"

于小荷居然还去看望了贾雯雯,这让老于越发意外。贾雯雯也被感动得不行。两人说了半天,也不知道说了些什么,居然都哭了。

"你们说了些什么?"老于后来问贾雯雯。

"女人的事……你们男人不懂的。"

老于承认,这的确也是事实。

6

让人意外的是朱江在坐了好多年的冷板凳之后，才干了一年多，又被调到了县剧团去了。县剧团当然不好干，那是一个操心劳碌的苦差事。照年龄来说，他去了剧团也没两年好干，就要退休了。朱江很不愿意，却又无可奈何。他既然是组织上的人，就必须服从调动。

老于过去和朱江并没有多深的个人交情，但到这时却是有些同情他的。当年老韩退休时，他应该是自然顶上的，但却意外地来了赵广贵。这赵广贵一屁股坐下来，就干了十多年。老于发现这个朱江虽然没有什么才能，倒也不是一个坏人。他只是努力地在这个文化系统的机器里，做一个按时守分的齿轮。在当副馆长之前，他一直在基层文化站当站长，而赵广贵来后，他基本是个无声无息的人，完全被赵广贵所笼罩。

这些年里，最出息的应该是小李。老于刚到馆里时，小李还是馆里一个做行政的，也是以工代干的身份。小伙子帅，精明，做事活络。很快他就被派到了省里的文化干校学习，转成了正式的国家干部，然后又去了党校学习了半年，回来后就被提拔成了副馆长。他之所以能提拔得那样快，当然是得益于赵广贵。而赵广贵之所以提拔他如此卖力，自然又是因为文化局相关领导的授意。而文化局的领导之所以一心要栽培小李，当然是因为他有"背景"。

老周一直是不服气的，他一直渴望自己能混个副馆长干干。虽然说副馆长才是个股级,可是那到底也是一个官嘛。作为全县的著名作家,不要说他干一个副馆长了,他连文化局长、宣传部长都是可以干的。他觉得他有足够的才能。县里的官们,他接触得太多了,并不认为自己的才能在他们之下。他眼里看到的县长们,也不过就是那样。而当官的好处,也是显而易见的。全馆里唯一能和他一决高下的,也就是于一心了。

老于印象里老周是一直发牢骚的,尤其是他从海南或是深圳回来后。听上去,他都是在为当时的老于打抱不平。可是,老于当时是无奈的。他唯一能做的,就是多写歌,写好歌。这是他唯一的反抗手段。老于想不通的是为什么这个小李在当上副馆长后对他极不友好,甚至比赵广贵表现得更加明显。

"你真是傻啊。"老周一语点破,"他是赵广贵的人,只有通过打击你,才能进一步地得到赵广贵的信任啊。奴才,一向比主子表现得更恶毒的。"

老周在馆里算是元老了,对现实也就越来越不满。有时他甚至对文化局的李局长都不太客气,背地里骂过许多回,更不要说小李了。

"这小东西,现在也来指挥我们,神气活现的。我才不尿他那一壶呢。"全馆里,也只有老周一个很少叫小李一声"馆长"。

"他妈的,真应了那句俗话说的,'屌毛生得比眉毛晚,长得却比眉毛长'。我们在馆里这么多年也没提,他一个小东西,提拔得倒是快,蹭蹭地往上蹿。"老周骂起人来,一点也不斯文的。

馆里的人都知道他的牢骚,但他一点也不忌讳。

朱江走了,大家猜测应该是小李副馆长上位了。本来赵广贵离开的时候，小李副馆长就以为那位置是他的，可是，被朱江坐正了。而现在朱江既然又走了，那就肯定只能是他的了。

让老于意外的是，有天文化局的文局长找他谈话。在这之前文局长已经来馆里好几次了，分别找人谈了话。原来的李局长已经退休了，文局长是从宣传部刚调来的。文局长和老于认识多年了，却并没有什么私交，只是场面上的客套。文局长说，组织上经过认真考虑，想提拔他为副馆长。老于听了，有点恍惚。虽然他对职务并没有多大的渴望，但还是被感动了，毕竟组织上是好意。

"我不太合适啊。"他很谦虚地说，"我对这个一直不是很在乎的。"

文局长说："我们知道的，你是个业务人才，很优秀的作曲家。你在馆里也工作这么多年了，有丰富的从事群众文化工作的经验，工作认真，做事踏实。组织上对你是充分了解的。我们也知道你的一些情况，过去是有机会留在省里的。不过回来也好。"

"文化馆的工作你是熟悉的。这两年客观上班子的变化比较大，原因比较复杂。老同志里，反复权衡，大家一致认为你是不错的。也进了一些新人，可是现在还顶不上来。你是专家级的，馆里需要你这样的人。"文局长极为坦诚的样子。

老于有点晕，不过他答应会认真考虑这事。他真的不是很想接受这样的职务，毕竟如果他对当官有兴趣，当初他就不会从省城回来。一个副馆长对他而言，甚至比鸡肋还不如。如果老周知道，他会怎么想？当然，这件事他不会对任何人说的，除了贾雯雯。

"可以当啊，"贾雯雯说，"为什么要拒绝呢？既然现在的新局长看重你。"

"现在和过去不一样啊。"她说。

"你真的不应该回来的啊,"她说,"留在省城多好啊。"

她一直是为他惋惜的。

老于不觉得,尤其是现在,做过了就不反悔。他决定回来是一个很重要的决定。如果他不回来,她现在这样子谁来管?老于进一步想到,如果自己真的当了什么副馆长,就不可能像现在这样逍遥。他经常要去宣传部或是文化局里开会,参加政治学习。他还要在馆里组织各种学习,还有别的杂事。这样一想,他就坚定了想法:不干!

贾雯雯瘦了,比过去瘦了不少。她明显比过去虚弱多了。除了正常的服药和打针,每过半个月,她还要进行一次化疗。大多数时候她都是独来独往。这是一件很不简单的事情,没多少人能挺得住,但她做到了。她拒绝老于的陪护。老于能做的,就是在她化疗的时候,每天来探视一次。

"你不用每天跑,真的。"她努力地笑着,笑得也很虚弱。

这样又经过了九个月,她似乎处于一种相对停滞的状态。虽然没有看到有多明显的好转,但是也并没有向坏的方向发展。最让老于不能接受的是,她拒绝再去住院治疗了,因为她突然发现是她的前夫在支付住院的所有费用。她气坏了。那一次她甚至冲着老于大喊大叫,把老于关到了门外,怎么也不让他进去。

事实上老于一直也没动用她前夫的那张卡,而是把它转交给了贾雯雯的父亲。她父亲也是犹豫了很久,还是退了回去。他应该是知道他女儿的脾气的。但后来她的前夫还是和医院里的人大概是有了什么协议,她住院的费用都是被悄悄地结算掉的。她自己当时应该也是糊涂的,每次医生都对她说最后是社保统一结算,所以她也一向没问过。直到半年前,老于在医院里意外地又遇到了她的前夫。

"我经济上帮她一把,没问题的,一点小意思。只要她身体好好的,钱不是问题。"他说,"儿子跟着她呢。"

老于那天多少有些感动,觉得她前夫也还是个不错的男人。虽说他的出发点也还是为他儿子考虑的。可是,天底下哪有完全不自私的男人呢?他能做到这样,也算是不错了。可是,当他告诉贾雯雯时,她立即爆发了。

"我哪怕立即就死,现在就死,也不会再要他付钱。我不要他的钱,让他和他的钱有多远滚多远。"她愤怒到了极点,那爆发的脾气简直就是雷霆万钧。

老于后悔极了,后来越想越后悔。他真的不应该告诉她。不管他后来如何求她,她就是不愿意再回到医院治疗。是的,他几乎是在哀求她了,可她只愿意在家里服药。的确,没了她前夫的帮助,她的经济状况早已经用山穷水尽来形容了。老于好几次想出点钱,都被她拒绝了。她就像一口荒废干涸了的井,已经打不上来井水了,可是又还能在井底沾上一些潮湿。她的生命也是这样吗?

他心里难受得很。

7

文件突然就下发了,老于成了文化馆的副馆长。

大家向老于表示了祝贺,小李副馆长也特意向老于表示了祝贺，还专门在蓝之海酒店摆了一桌。可是，老于却一点也高兴不起来。他知道小李副馆长心里是不高兴的，因为局里迟迟不下文解决他的正职，反而把他提成副馆长，分明是要他的难堪。老周心里肯定也是不爽的，因为他认为他早应该解决副馆长职务了。

也不知怎的，慢慢大家就说到了贾雯雯的病情。他们都是知道她的存在的。他们都认为老于是个长情的人，同时多少也有点不能理解。什么名分也没有，他怎么就愿意做出这样的牺牲呢？他们觉得老于最后可能什么也得不到，只有神伤。可是，他们也不能说得太直接，只是言语间透着那种再也明白不过的意思。

老于不愿意和他们多谈，因为这是他的私人领域。别人怎么能理解他的感情呢？每个人对生活、对情爱的态度都是不一样的。他爱贾雯雯，他甚至宁愿得病的是自己。

陈丽丽本来对老于的做法很赞赏，她认为老于才是一个真正的好男人。后来大家说起外面的情人关系，她就激愤起来。说在婚姻之外的男女关系，都是耍流氓。大家早就知道她的男人原来在乡镇就是有情人的，调回城里到财政局当了一把手，权力比过去更大，自然也少不了情人。但她这样一骂，又引起了老周的多心。她不仅骂所有的女人，更骂所有的男人。老周觉得这么多年来，她对自己并没有消除仇恨。他和她是好过，又分手了，但分开的责任并不全在她。

老周觉得她现在因为自己的男人当了"二县长"，就很有些颐指气使。他是不吃她的"官太太"那一套的。就算她是官太太又怎样？他又不是不知道她在床上的作态。她难道不知道自己过去也出过轨吗？怎么一转眼就骂人呢？老周慢悠悠地说："那也不见得的。马克思在燕妮之外,也是有情人的。这种事,很复杂。"

"那都是胡说八道。"陈丽丽现在对老周所有的话,都一概不能同意。

小李副馆长为了不使他们的争吵升级,就告诉大家一个消息,说县里刚来了一位挂职的副县长。

"谁?"

"赵馆长家的老二,赵静。"

第三章

（2014年5月—）

1

贾雯雯的身体状态似乎越来越差了。

老于抽出更多的时间来陪着她。只要她提出什么愿望，他总会尽量满足她。五月的天气开始暖和了起来，她说她想来海边看看。他找了一辆车，就带着她来了。

田野里一派生机勃勃。

油菜花一片金黄，灿烂得无边无际。他们打开了车窗，让风吹进来。很熟悉的泥土的气息，很熟悉的花香。空气里还有一股淡淡的粪肥的味道。

"真好，"她说，"天气热起来了。"

"油菜花开得好，要败了，地上已经掉了不少花瓣。"他说。

"天气热得快，后面会变天。"他说，"要是下一场雨，这些花就全败了。"

车子开在乡下的小路上，颠簸得厉害。他们看到了广阔的滩涂。滩涂不远处有一道海堤，越过堤坝，外面就是大海了。他们坐在堤坝上，海风扑面而来，有一股海腥味。大海是浑黄的，在阳光下闪耀着白花花的粼光。

"你带我出海去看看吧。"她说。

"不行，你会受不了的，会晕船。"他说。

"不会的。"她显得很自信。

"我去坐船，到海里去看看。"她依偎在他的身上，目光里充满了期待的样子。

新港镇那边的民宿居然都住满了，外地来这里看花海的人太多。他们只能住到北边的那个小镇子，住宿的条件差一些，但是这里的海边似乎更干净一些。他们租好了船，约定了第二天半天的价钱。

半天和一天没区别。

民宿里还算干净。从小楼的二层窗户向外看，就能看到大海。灰蒙蒙的一片大海，无边无际。有船在远处驶过，毫无声息。他们相拥着，静静地看着。很长时间他们一句话也不说，只是那样相拥着，感觉时间从身体里流过。

晚上他们吃了晚饭，在海边漫无目地走着。

四下里漆黑一片，不远处小镇上的灯火就显得越发明亮。他们走在一边不算很宽阔的滩涂上，泥沙松软。这一边是老于所不熟悉的，他过去从没来过这里，虽然和新港那边距离很近。从这片滩涂再向前就是河口了。河口那边的浅滩很短，一百米不到就是大海。他们能听到海水的声音。海风里的腥味很重。两人依偎着，走着。贾雯雯说她过去看过青岛的海、浙江舟山的海和海南海口的海。那里的海和这里的海是不一样的。那里的大海是蔚蓝的。这边的海是浑浊的，有大片的滩涂。只有看过这里的海，才知道海和海是不一样的。这才是完整的关于大海的印象。

"向里面开一百里,海水也就清了。"老于说。

"嗯。"

这半年,贾雯雯瘦得有些厉害,反复化疗让她很痛苦。但她从不说。他能感觉到。

夜很黑,西边的天空挂着半钩浅月。繁星点点。"这里的星星比城里的亮一些,"她说。"海边的空气好,"他说,"要是在船上看,那星星会更亮一些,因为海里一点灯火也没有。""明天你要把我带到大海里看看。"她说。

"好。"他说。

他要满足她。

老于是明显感觉到贾雯雯的变化的。她比过去伤感了许多。这么多年的病痛折磨,她对生命的感悟肯定是异于常人的。她对许多事情变得比过去更敏感。她对老于说得最多的,就是自己欠了他的。"如果有下辈子就好了,"她经常这样说,"下辈子我们一看对眼了,就不要犹豫。"

"好。我们不要再闹别扭,一点也不犹豫。"

"你说会有下辈子吗?"

老于想了想,安慰说:"有的吧。我相信会有的。"

"我一定要忍住,不喝孟婆汤。这样我好记得你,认出你。"

老于说:"据说那时很渴,孟婆汤很香的,会忍不住要喝的。"

"那我这辈子要把水喝够,争取到时不喝。"

老于乐了。

"你也要忍着不喝,万一我没忍住了,你不要喝。你要在下辈子记得我,如果我认不出你来,你要对我穷追猛打。我下辈子还叫贾雯雯，你要还叫于一心。"

"好。我们说定了。"

那个晚上他们就这样相拥着。他们有太久的日子没有肉体上的亲近了。"你太不值了，"她不止一次地说，"我现在是一个残废女人了。你不应该这样辛苦的。"

"别胡说。"老于总是打断她。事情很奇怪，原来她身体健康的样子，他总是要不够她。一晚上他几乎是不停地要做，做也做不厌。他的能力让她惊讶不已。可自打她病倒后，他的性欲仿佛也消失了。老周有次也问他，是不是和贾雯雯还有性关系。对于他的回答，老周很吃惊。

"你可以到洗头店或者洗浴中心去转转啊。"她总是这样半真半假地提议。

他很惊讶于她这样的提议。

"我没有那样迫切啊，为什么要做那种事呢？"

老于是真心的，对于自己欲望的消失，他归咎于自己的年龄。也许到了他这样的年纪就应该消失了，他想。消失了也挺好，他可以更好地和她相处。他只要能拥抱她，亲吻她，甚至是照顾她，和她说说话，心里就满足了。肉体上的欲望，更大程度上是取决于内心的欲望。他喜欢她抚摸他，抚摸他的胸膛，抚摸他的大腿和手臂，抚摸他的脸……

他在她的抚摸和亲吻下，能够入睡。她像一个催眠师。只有躺在她的身边，他感觉自己才是踏实的。有时他会想起他们的过去，想起过去的许多甜蜜。可这个晚上，他忽然涌上了一种强烈的欲望。它就像海潮，从很远的地方奔袭而来，一浪比一浪凶猛。他为这汹涌而来的欲望,感到有一些羞耻。是的,他是不应该有的,在她身体这样的情况之下。他很小心,努力地不想触碰她的身体,不想被她发现。可是,她似乎还是在他的控制得非常小心的呼吸中,感受到了异样。

"你……想要了?"她小心地问。

他不说话,只是用力地搂紧了她。

她的手是那样绵柔,小心地抚摸着他。

"你想看看我吗?"她突然问。

他有点没听懂她的意思。

床头灯亮起时,他看到她赤裸了上身,胸脯上空无一物,只有两道明显的疤痕。在那一刻,老于的心在颤抖。他紧紧地抱住了她。这是她第一次对他这样坦白裸露。他当然是记得她的乳房的,过去是那样饱满。她对自己的乳房,曾经是那样骄傲。她有一对漂亮的乳头,大又娇艳。而自从第一次把右乳切除后,她在他面前就再没裸露过上身。偶尔做爱,她也是穿着内衣。哪怕她睡到天亮都可以不再穿上内裤,却从不解下胸罩。

"傻瓜,"他说,"我爱你。"

"可是我已经不是过去的我了。"她幽幽地说,"早不是了。"

"那也没关系。"他说,"我也爱现在的你。"

"你过去不是说自己是独奶吗?"他甚至开起玩笑来,试图化解她内心的阴云,"现在很坦荡的,像个小男孩。你的性格是不是像一个调皮的小男孩?也可能你前世就是小男孩呢。"

"太丑陋了。"她说。

"不丑。"

"你过去喜欢它们的。"她说。

"是啊。"

"现在它们没有了。"

他不想让她再说下去,他就亲吻她。他的舌头寻找着她的舌头。他听到她发出了一声轻叹,然后倒了下去。"关掉灯。"她说,紧紧地搂着他的脖子。他在她的身上感觉自己要开山辟路,要摧毁他面前的所有阻碍。而她是那样光滑,就像是一条刚从水里捞上来的鱼,在他们中间充溢着滑滑的忘情的黏液。他仿佛在一瞬间回到了十多年前。她也是十年前的贾雯雯,陌生又熟悉,熟悉又陌生。他是沉寂得太久的冷火山,重新被激活了。她是冬眠醒来的小野兽。她哭泣,她热烈,她咬他,她叹息。她是一片沼泽,他就是一匹奔驰的野马。她要把他吞没掉。她是潮湿的深井,他就是镐头,他要在她的深处掘出新的泉水。

"我爱你我爱你我爱你……"她咬他,发出的声音听上去是那样贴近,又是那样遥远。

他有些担心她的身体能否经得起这样的暴风骤雨。

"爱你,爱你。我爱你。"

她紧紧地抱着他,不放。

2

老于有一种很不好的预感,可是贾雯雯却是那样坚决。

"天气不好,"他说,"海里的风浪肯定大。不去了吧?要不我们再等一天,等天气好了,我们再去。"

"没事的,"她说,"我就要去看看。"

"我从没到海上去看过。"她说。

老于知道她其实是一晚上没合眼。他不明白她为什么没睡。半夜里他去卫生间时听到她有窸窸窣窣的响动。"你还没睡着吗?"他问。"没事。"她说。他重新上床抱紧她,想哄她入睡。"你睡吧。"她说。他听到她说话的声音有些不太对。"你感冒了吗?"他问。"嗯……可能吧,有点着凉了。"她说。

第二天早晨天色还很暗,老于突然从梦里惊醒,一睁眼,发现她的一双眼睛正对着他,打量着他。

"你还没睡?"老于心里一紧。

"不碍的,"她笑了笑,"我要好好地看看你。"

"老头了,还有什么好看的。"

"你不老。"她说,"你还年轻呢。男人在你这年纪不算老。"

两人都决定出门了,她突然说:"等一下,我要涂个口红。"

他笑了,心里想:她怎么倒突然讲究起来了呢?她过去一向是并不太讲究的,尤其是不爱口红。

她描得是那样认真。每描一下,还左右侧着脸认真地打量着。一下她就精神多了,漂亮又性感。"好看吗?"她问。

"好看的。"

也就是才出去半个多小时,海上的风果然就大了起来,浪头也越来越大,船颠簸得越来越厉害。船不大,是租来的。她在船上却镇定得很。船已经远离了海岸。他们是回望不到小镇的。海水是黑的。天空与大海之间是灰蒙蒙的一片,云层越来越低,黑黑的,压到海面上来。他们看到了远处黑黑的云层里的闪电,狰狞的,像是凶猛怪兽不时龇露的尖牙。

"回吧。"他说。

她不说话,只是看着海面上不断涌来的浪头。那些浪头一浪追赶一浪,一浪压过一浪。它们变得狰狞起来,就像一群在海面上奔跑的恶狗,互吠着,撕咬着。

"回吧。"他催促着。

"看一看。"她说,并不看他。

她就定定地坐着,看着远方一望无际的浩渺海水。

"你不晕船吗?"老于对她的镇定觉得不可思议。

"真大,"她叹息说,"这大海真大。"

"人在这海上就像一只蚂蚁。"他说。

"你唱首歌给我听吧。"她说。

他笑了,他不会唱歌。是的,虽然他会谱曲,但并不会唱歌。他的嗓音条件不好,最多算是哼。是的,许多旋律是他在心里哼唱的。

"我要写一首歌给你。"他说,"将来专门给你写一首。"

"好啊,"她说,"你说话要算数的。"

"那是的。"

"回吧。"她说。

她话刚说完,天上就砸下了雨点来,就像是他们突然置身在瀑布里。海面上白茫茫的一片了,不只是潮涌,还有雨点。他们听到了声音,这声音甚至大过了海水汹涌的声音。

一切都来不及后悔了。他们应该早点就回撤，现在是来不及了。雨水从天而降，瞬间他们就被雨水浇透了。小船在激烈地颠簸，海水不断地冲刷着甲板，甚至涌进了船舱。柴油机在轰响着，马达开足了，拼劲它全身的力量想逃逸。可是海水把小船像一只炒豆一样地颠来簸去。

"你抓紧我，抓紧我！"老于大喊着，嗓子都破了。

声音是撕裂的。

她的脸特别苍白，头发湿湿地贴在脸上，雨水顺着头发流进了她的眼里、嘴里。她似乎说话都有些困难。他则死死地握紧舵，感觉虎口都在震痛。他是无惧的。这种场面对他来说不算什么，他曾经经历过的比这凶险得多。他是担心她。

"真好。"她突然说。

"什么？你说什么？"他一愣。

"真好。"她摇晃着说。

小船努力地挣扎着，往回去的路上挣扎。大海却把它扯来扯去，试图要把它重新拉回到大海的深处。雨水很凉，海水也很凉。

"不好，"他说，"好什么好？应该早点回去的。"

她突然摇摇晃晃地要站起来。

"坐下，快坐下！"他大吼起来，"不要命啦，快坐下。"

又一个浪头打来，老于赶紧拉住了她。海水劈头打在了他的身上，当他回头再看时，已经不见了她的身影。他仿佛看到了一个黑黑的影子被汹涌的回浪迅速地卷走，不见了踪影。

老于的手脚一下就凉透了。

3

老于无论如何都不能原谅自己。

他几乎要崩溃了。

他是那样绝望和无助,却没有任何办法把她救回来。她消失了,永远地消失了。她甚至吝啬得没有在陆地上留下一点骨灰。他报了警,也请了镇上的许多渔民去搜寻她的遗体,还到新港镇那里找了周老大,联系了许多条船去搜寻,可是却一无所获。

海面上什么也没有。

老于像丢了魂。

他怎么也没想到会发生这种事。她这一死,他真是百身莫赎。这对他完全是灭顶性的打击。

在她留在民宿的那只包里,他看到她随身带着的一些东西,几件衣服和小药瓶。他看到了一个笔记本,里面有几页纸,写满了,应该算是她的遗书。有给他的,也有给她的父母和儿子的。

老于:

我走了,谢谢你!这么多年来,特别感谢你的陪伴,此生是无法相报了,希望还有来世。如果有来世,我们一定不要错过。这世真是欠你的太多,有点愧对你。你其实早应该抽身离开的,但你却一直陪着。你有权得到更好的生活。我就要看到大海了,真好。我愿意到大海的深处去。如果你再梦到大海,你就不用再怕了,我会陪着你。

　　人都要走的。我已经拖得太晚了，连累了不少人。生命里有许多残酷的东西，我不想让你们看到太多残酷。我是温暖的，我也感受到了你给我的许多温暖。是命运，让我们错过了。希望我们来生不会再错过了。你要记得我。如果有奈何桥，我一定会回头看你，看你最后一眼。我把你的样子刻在心里，永远也不会忘。我不喝孟婆汤。我要记得你。如果有来世，我要在人群里一眼就认出你，再不会放手。

　　我过去真是太傻了，太轻易地放手了。我也太任性了。我为自己的任性付出了代价。这代价太大了，我把我自己伤了，也把你伤了。我还伤了我的父母和我的孩子。我不喝孟婆汤，我要记住这世的一切。我要记住我们过去所有的时光，只有快乐，只有甜蜜。

　　我很想自己好起来的。如果我能好起来，我一定会义无反顾地嫁给你。

　　有一段时间我天天做梦一样地幻想着。我一遍又一遍地梦想着，我好起来了，很健康地和你生活在一起。但我失败了，抗不过命。

　　对过去我很知足，只有心存感激。我幸福过，甜蜜过。感谢有你。这事是我自觉的选择，你不要自责。此事和你完全无关，也希望我的家人们或好友不要为难你。真的感谢你，万分感谢。你达成了我的心愿。这是我最好的结局。你要振作起来，好好生活。你的余生还很长，你只有好好地过下去，我在世界的另一边才能安心。你要保重自己，为了你自己，也为了你的孩子。希望真的有来生，来生相见，好好相爱。

……………

信很长,写了好几页。老于的眼泪把笔记本的纸张都打湿了。

看来,她是早就准备好了的,只是没对他说。对她来说,或许是一种解脱。但是,他却时时刻刻地意识到自己是一个罪人。他最后悔的,就是没有坚持和她结婚。他是要求过的,可是她总是推托着。她是希望健康地嫁给他,哪怕她当时只是拥有一半的乳房了。表面上她是坚强的,甚至还是快乐的,可是她内心里已经绝望得不行了。她在前五年里,还是满怀了信心的。可是,病魔把她又一次击倒了。这后一次,让她完全绝望了。所以,她对前夫的帮助表现得特别决绝。

她没了,老于也一下子失去了方向。

4

这年的秋天,儿子于新桐回来了。仿佛只是一转眼的工夫,他成了一个大小伙子。

他长得很壮,有一米八三的个头,一头浓黑的卷发,唇上还有了一抹黑黑的胡子。他在毕业后经历了在外地城市一系列的碰壁后,还是没能找到合适的工作,回到了县里。老于有些不开心。现在身份的限制没有了,户籍的限制没有了,他的文凭虽然不算好,但也是有的,到哪里不能找一份工作呢?可是,他居然回来了。

回来也是可以的,毕竟是县城。能在县城里找份工作也不错。但是，于新桐却和他前段日子里一样，有些失魂落魄。他对寻找工作好像完全不上心，每天都会在下午到街上去晃荡一圈，穿着一身的牛仔和臭不可闻的运动鞋，什么正事也不干。更多的时间是把自己关在房间里，在电脑上打游戏。他不知道儿子头脑里想的啥。几年不见，他们父子间的关系有些生分，疏远。虽然过去的大学四年里，他在寒暑假是回来的，父子间也有交流，但和现在的感觉完全不一样。如果说过去相当长的时间里，他们是父子关系，到了他读大学时，是一种朋友关系，现在两人在一起却更像是一种敌对关系。

虽然两人没有言语上的冲撞，可是意识里却相当紧绷。老于感觉到了压力，相当大的压力。这时的儿子是叛逆的，如果他反抗起来，自己一定不是他的对手。虽然儿子现在还是依靠他的，但是自己却是被动的一方。

"你应该找点事做，"他对儿子说，"可以暂时找一份工作，先做起来。要是不合适了，以后再说。"

"能找什么合适的工作？"儿子反问他。

老于一时语塞。

"一些企业里，都可以先干起来。县里那么多的企业，总是需要人的。"老于想了想，用商量的语气说。

"县里能有什么好企业？我能去干什么？"

"什么都可以干，这样也是积累经验啊。"

"你以为我是当年的你啊？什么都能干。"儿子回得是那样决绝。

老于知道和他对话是很困难的。儿子是想要一份更体面的工作,比如说是分到县委县政府的机关里,可是以他的这种身份和能力,怎么可能帮到儿子谋来呢?他连将儿子安排在文化系统的事业单位里,都是不可能的。

比较而言,倒是贾雯雯的儿子对他很有礼貌。有天在县中正好遇上了他,那小伙子冲他一笑,甚至是有些腼腆地叫了一声"伯伯好"。他也长大了,眉眼像妈妈。

于小荷从原单位辞职了,又换了一份新工作。她比过去忙碌了,回来明显少了。偶尔他们视频通话,老于发现女儿长得漂亮了。女大十八变。当然,也许她并没有长得更漂亮,只是在大城市里生活得久了,气质是不一样了。

"应该谈对象了,"他说,"不要拖了,拖了不好。"

"知道啦,这事你就不要多操心了。应该有的,一定会有的。"女儿说。

老于是有点操心。明显地,过去的那个男朋友并没有谈成。至于是谁的原因,老于也不好多问。

第四部

Part 4

第一章
（2015年岁末一）

1

  这年冬天的雪真大，一场接一场。整个县城几乎要被大雪埋了，到处是雪。连小河里、沟里都盛着雪，就像是大铁锅里的炒面似的。炒焦的地方，略显淡黄。

  文化馆里又有了新的人事变动，小李馆长调走了，去了下面的一个乡镇当镇长去了。他高兴极了。这是他一步非常重要的人生跨越。当一个镇长，可比在文化馆里当一个馆长强多了，甚至超过了当一个文化局长。据说他能走到这一步，和赵静县长有很大的关系。新馆长是新华书店的程经理，和老于倒也是老熟人了。老于提出过几次想辞掉这副馆长，但都没获得同意。有史以来，在县里官场上还没有人提出辞职的，只有抢着要官的。虽然副馆长这职务不算大，但想当的人也还是有的。

  儿子现在和老于几乎是经常性地发生冲突，两人互相看着不顺眼。老于是看着小于不找工作不干活，却沉迷在电脑里，也不知道在搞些什么名堂。小于是觉得老于管得太宽，不过就是在家里吃点干饭吗？而且只是一天两顿。老于也不会烧什么菜，都是简单得不能再简单的,糊弄着。有时,儿子甚至到他外公家去蹭饭。甚至,去徐爱珍那里吃饭。

他有他的生活方式,老于凭什么要干涉呢?小于是想不明白的。工作总是要找的,但并不在一时啊。如果他只是在县里随便找个企业去上班,那他还要考大学干吗?他不是农民工,随便找份苦力活就行了。他要找的工作,必须和自己的学历是相配的,要符合自己的心理预期。他不能苟且。

有个晚上父子俩差点动手了。老于半夜醒来上厕所,看到小于的房间里还亮着灯。那时大概已经是凌晨一点多了,老于突然就发起了火。夜里不睡,早晨不起,这根本就不是正常人的作息时间。他敲门提醒,却发现儿子反锁了。他用力敲,儿子猛地拉开门,直视他。两人对峙着。

"你要干什么?"

"你为什么还不睡?"

"急什么?我想睡自然就睡了。"儿子说。

"晚上不睡,白天不起。你这是正常人过的生活?"

"我有我的生活。"

"你这样的生活正常吗?"老于怒吼着,他感觉到了儿子的力量正施加在门上,想把他顶出去。他就用力地想把门缝挤得更大,但却发现儿子纹丝不动。

"天下就你的生活是对的?"儿子语带讥讽,"你怎么不做个全国模范呢?"

面对过去小学初中的儿子,老于还能动手。可是,现在老于不敢了。他没有任何胜算。斗争的结果,一定是自己输得很惨。即使他占了上风,他也还是个"失败的父亲"。

老于心里犯愁,这样下去,父子如何长久相处?

他一时真的没了主张。

陈丽丽出手帮忙了,她说她丈夫和科技局比较熟悉。她听说最近科技局要招人,现在可以进。看于新桐,各方面的条件都是合适的。于是,老于就赶紧张罗了一个饭局,请了她丈夫和科技局的领导坐了一桌。老于那天喝醉了,醉得一塌糊涂。陈丽丽的丈夫特别能喝,酒量很大。而他喝一杯,却要老于喝两杯。老于不敢反对,只能从命。既然财政局长都出面了,科技局的局长只能是同意的。但这事终究是要县领导同意的,但正常情况下,问题不会太大。

老于对陈丽丽是感激的。

儿子对这份可能出现的工作也是满意的,不管怎么说,这是一份体面的工作。虽然一开始进去时,只是事业单位的身份,但可以调剂到公务员岗位上来。

就在农历二十那天下午,程馆长告诉老于,说老馆长赵广贵去世了。赵广贵生病的事,老于是早就知道的。他从退休以后,身体就不太好。他不爱运动,整天闷在家里。大儿子赵平出事,对他是个不小的打击。也不知道怎么的,得了一次脑梗后就变得老年痴呆了,也就是帕金森病。按说他那个年龄,还不到得老年痴呆的时候。等赵静回到县里挂职时,他已经不认识人了。

"现在就是赵县长在守着,比较辛苦。"程馆长说,"赵馆长是我们过去的老馆长,我们馆里应该出面,派几个同志帮着值守一下。"

老于不吭声。

老周看着老于的脸,有些意味深长。

"对的,对的,这是应该的。"老周说,"但这事你们领导同志去就好了,派其他人就不合适了。"

程馆长听了,觉得很有道理。毕竟这事是体现了馆里对老馆长的尊重程度,而且赵静是县里的领导同志,死后的殊荣是一定要给的,给得越充分越好。

"这样吧,今天于馆长你去,明天晚上我去。"程馆长沉吟了一下,很是深思熟虑的样子。

老于像是被烫了一样,本能地提高了嗓门,大声说:"我不去!别派我,别派我,我不可能去的。"

程馆长的脸上就现出非常惊讶又疑惑的表情。

陈丽丽赶紧打着圆场,对程馆长说:"会的会的,于馆长一定会去的。"

老于被陈丽丽拉到了外面。陈丽丽有点急了:"老于你疯了啊,这事怎么能拒绝呢?要是传到赵县长的耳朵里,他会怎么想?这点情分都不讲,新桐还要不要进科技局了?"

"这老东西早死早好啊,他过去害了多少人啊。"老于激愤起来,"不去,我不可能去的。"

"看看,大艺术家的脾气上来了吧?这事还能意气用事?该妥协的时候一定要妥协的。你不为自己,也要为儿子着想啊。现在这种机会,上哪里去找?这次是一个很好的机会,错过了就永远错过了。"陈丽丽说。

老于不知道陈丽丽说的是儿子进科技局的机会,还是他去守灵讨好赵县长的机会。这两者其实是一回事。但她要是说的守灵的机会,那就去他娘的吧,他才不要呢。可是,如果他不去守灵,也许儿子进科技局就真的没机会。

大雪纷纷扬扬。

老于那天一个人在文化馆楼下的那个操场上走着，不停地一口接一口抽着烟。他走着，打着圈，像一只孤独的拉磨的驴子。

雪，落了他一身，头上也是白的，像是缠了一只白孝巾。

2

老于和老周两人去为赵广贵守灵。

守灵是本地的风俗。

他们和赵副县长、夫人握了手，说了些安慰的话，让他们回去休息，他们来替班。灵堂里安静得不行，赵广贵的遗体被白布覆盖着，一动不动。烛光微微摇曳。

赵副县长前脚刚走，老周就埋怨起老于来："你这鸟人，为什么要拖我来？"

"唉，算你陪我嘛。我们俩说说话。"

"去你大爷，在这狗日的老东西面前说话？说什么？"

老于笑起来，说："按理说，这老东西死了，也不应该再恨他了，但他过去实在是太坏了。"

"他妈的，你知道他坏了，你还来装孝子贤孙，你不是更坏？"老周气不顺。他一开始就声明不来的，结果老于却非要拉上他。他有些生气，就不再和老于说话。老于后来想想，自己的确是不应该拖来老周的。拖来老周，多少有拉老周一起下水的意思，也为自己的行为在以后有一个好的说辞，这无疑是自私的。

两人仿佛都有了尴尬，无话。两个大活人，守着一具直挺挺的死尸，空气都变诡异了。这诡异的气氛越来越浓，甚至让老于心里有了一丝恐惧的感觉。这样的沉默，让老于害怕死尸会突然坐起来，对他们说："你们说点什么吧。别这样沉默啊。"

老于干咳着，感觉嗓子眼里仿佛有一根羽毛在作痒。

"你要不要看看他？"

为了打破这种沉闷，老于提议说。老于似乎是要证实一下，这白布底下的遗体究竟是不是真实的赵广贵。他真的就动手掀开，看到的那张脸苍老而憔悴，胡须显然有数周没刮了。双目紧闭。头发花白稀疏。曾经那样强势的一个男人，永远地闭嘴了，闭眼了。这个世界将和他再没关系了。

老周没有看。相反，他站起身，放了一个很响很长的屁，那屁响了有半分多钟才结束，然后才缓缓地说："啊，我出去下，走走，买包烟。"

没等老于表态，老周果然就走了。

老于重新陷入一个孤独的境地。

老周离开了，但他觉得老周放的那个屁实在是太好了。老周过去在赵广贵面前从没这样嚣张过，这一屁，放得是那样粗野，充满了对他的挑衅和蔑视。老周是恨他的，只羡慕他一件，说他有一个非常大的阳具。早先文化馆只有一个公共厕所，老周曾经有幸和赵广贵一起站在小便池前撒尿，他一眼就瞥到了那货。

"他妈的，这狗日的居然有那么大的家伙。"老周不无羡慕地对于一心说。

说来也怪，那么多年来，老于却从没有和赵广贵一起并排站在小便池前。他对老周的那个说法甚至是有些反感，更增加他对赵广贵流氓本质的厌恶。他应该在赵广贵的脸上啐口唾沫，撒尿，应该抽他的耳光。他并不是为了自己，而是为了钱洁老师。

不，不止是钱洁老师，是代表了所有被人伤害过的女性。他要解下皮带来，抽赵广贵。他要对赵广贵鞭尸。可是，赵广贵能感知到吗？既然赵广贵是没有感知的，自己这样做又有什么意义呢？这样做显得小气，不磊落。

这样一想，老于就没了心劲。

他应该唱歌，喝酒，跳舞。这个恶人终于死了，死得这样难看。而且，都没能挺过新年。如果老周回来就好了，他想，他们可以一起喝酒，喝到酩酊大醉。可是，老周明显是一去不返了。他走到了外面，夜色深沉。又开始下雪了，纷纷扬扬的。他从口袋里摸出一包烟，点了一支，深深地吸了一口。解解晦气，他在心里说。

外面真冷。

他打起了哆嗦。

3

开追悼会那天，老于在人群里居然看到了一个熟悉的身影。

他吃了一惊，简直有点不能相信。

他怀疑自己是看错了，可是再三细看，感到自己的判断是对的。是的，那就是钱洁。她那么娇小的身材，他是不会认错的。她怎么会出现呢？这太让他不能理解了。她好像憔悴得很。他在她的脸上看不出有什么特别的表情。他很想凑近她，问问她的情况。他们这么多年，从来也没见过。他有太多的话，想对她说。可是，队伍太长了。县里的各个局机关、乡镇主要干部都来了。尤其是机关里的一些人从来也不认识赵广贵，更没有打过交道。他们之所以会来，当然是因为赵静副县长的缘故。

在围绕那具尸体做告别时，老于看到赵广贵居然笑了。他在心里吓得一跳。他再定睛细看，赵广贵的嘴角是上翘的，的确像是在笑，笑得那样诡异。那笑仿佛是一种胜利者的笑，又是嘲笑式的笑。是的，在他面前于一心依然是一个失败者，虽然他躺在那里只是一具尸体。老于并没有胜利。为了儿子的就业，老于还得向赵广贵低头，参加他的遗体告别。

老于心里有点堵，他不知道钱老师注意到了这一点没有。他抬起头，感觉她好像向自己这里张望了一下。当他们目光相对时，她很快就又扭过头去。一定要见到她，要和她说话，他在心里不断地提醒着自己。同时，他在有意识地让前面的人走得快一些，他要赶过去。

可是，当他出来，却发现她已经不见了。他突然意识到，她对他是如此重要，不只是现在他想要对她说话，诉说分开多年来的生活变化。更主要的是，他意识到他必须对她心怀感恩。如果没有她当时教他钢琴乐理，懂得了和弦什么的一些技巧，他后来是不可能学着作曲的。或许他是有天赋的，但天赋是冬天里深埋在泥土里的虫子。没有春天，小虫是不会从泥土里钻出来的。

"太不可思议了，她怎么会来呢？"

老于为这事大费脑筋。忍不住,他问老周。

老周听了,半晌不吭声。一支烟抽完了,徐徐开口了。

"你知道一个人最幸福的事是什么吗?"

老于茫然。

"一个人要做坏人。如果他足够长寿,那么他的晚年是很幸福的。他看着他恨的那些人,一个个先他死去,那是多么幸福的事情啊。"

老于觉得这话有点意思。

"如果一个人是好人,如果他足够长寿,晚年时,看着那些亲朋故友先他而去,那有多凄凉啊。"老周说。

"你的意思是赵广贵早走了,是幸福的?"老于问。

"他没有长寿啊。"老周说。

"你的意思是钱老师不是来哀悼他的,而是来庆贺他死掉的?"老于好像有点明白了。

老周说:"未必就不可能啊。"

也可能她并不相信他真的死了,只是来证实一下,老于想。

这太荒诞了!

第二章
（2016年4月—）

1

春天的风真大。

离清明只有不到两周了，老于去公墓里看望了贾雯雯。

墓碑是她的兄弟们帮着立的，黑色的大理石，上面只有她的姓名和生年。墓里当然没有她的遗骨，只有她的几件衣服烧成的灰烬。有一缕头发，是老于献出来的。那是她过去化疗时剪下的，他当时留存了，没想到居然派上了用场。

离退休也就剩不多的几年时间了，老于却辞职了。是的，他不仅辞掉了副馆长的职务，连整个公职都辞掉了。老周骂他发疯了。他当然没发疯。他是突然觉得自己这一生努力得那样辛苦，却并没有什么真正的收获。他一直在挣扎，在反抗，在努力地争取获得一些东西。而这辞职是他最后一次反抗。他什么都可以不要了，不在乎了。

儿子于新桐工作了，如愿进入了科技局。让他万万没想到的是，女儿居然和赵平好上了。赵平比她要大十几岁。他心里完全不能接受。他隐约听说赵平并没有离婚。而他的公司就在省城，于小荷先是在他的公司里工作，后来就和他好上了，两人经常一起出双入对的。赵广贵死时，他们俩正在外地，一周后才从外地赶回来。

"你这是怎么回事呢？"他责问过女儿。

"什么怎么回事？他是老板，我在他的公司里工作。这又怎么了？我的工作又不是你找的。"于小荷理直气壮，"我总是要生存的。"

"你知道我和赵广贵是有过节的。"老于气愤地喊。

"那是你们的事。要有深仇大恨，你怎么还去为他守灵呢？多可笑啊。"女儿说，"再说，你们的事不要扯到我身上来。"

"他是个有妇之夫。"

"有妇之夫怎么了？和我有什么关系？我又不是有夫之妇。"

"你怎么这么不要脸！"

"你才不要脸！你被一个割了双乳的女人弄得失魂落魄的！"女儿被他气哭了。

老于后来心里很后悔，觉得自己不应该这样骂女儿。也许他骂得是不对的。他没有任何证据证明于小荷就是那个赵平的小三。他们在外面不知道是如何的，但即使回到这个小县城，他们也经常在一起，甚至是勾肩搭背的，态度亲昵。这样的关系，肯定不是普通的老板和员工的关系。

他的心很痛，而消除这疼痛的办法也许就是自己再伤害一次自己。他决定辞掉这份工作。文化局的领导听了一愣，他们是不同意的，很是惊讶，不明白他为什么要这样。他们以为他是不满于副职。局长甚至暗示说，再等一段时间他们会考虑由他来主持工作。他这一辞职是会有影响的，好好的一个作曲家，把工作辞了，他要向上面如何解释这事？

但他态度坚决。他不仅辞掉副馆长，连整个工作都不要了。

他们不懂他，连老周也不懂。

"你疯了？为什么要辞职？"老周觉得他这个念头过于疯狂。一把年纪了，到这个时候却要辞职。他过去这么多年，不断地反抗着既有的命运，反抗着现实，孜孜以求的就是有一份稳定的工作，转干。拼了大半辈子，千难万难，终于好不容易得到了，却又辞掉，这不是发疯是什么？

是的，为了得到这一切，他过去是多么艰辛，又是多么侥幸。老于想，没有侥幸，光有艰辛是不够的。但他再不可能有侥幸了。他猛然间想到，自己过去的那些所谓反抗，其实只是为了顺从。是的，通过反抗而顺从，把自己纳入现有的秩序里，现有的利益里，成为他曾经反抗着的一部分。他现如今终于抗无所抗，过起了真正的安定的生活。

而这平庸安稳的生活开始让他麻痹，让他遗忘掉过去，甚至连贾雯雯离世对他心理上造成的伤痛都快淡去了。他害怕这种对伤痛的遗忘。那伤痛，曾经是那样刻骨铭心。也许辞职能让他重新回到生活的原点？至少，是伤痛的累积，不会忘却曾经的伤痛。

公墓里没什么人，很安静，还没到清明。到了清明，来的人就多了。他在贾雯雯的碑前坐着，静静地。太阳晒在他的身上，暖暖的。

"你好吗？你在那边好吗？"他轻声地问。

"你应该好好的，在那边，一个人好好地照顾好自己。你不用担心你的父母，他们的身体还行，毕竟一把年纪了，衰老是正常的。儿子挺好的,个子长高了,很阳光的大男孩了。很懂礼貌,非常好,长得像你。"

"我想你,很想你。"他说。

"挺对不起你的,亏欠你太多了。"老于说,"你这么一个善良的女人,怎么就得了病呢?受了那么多的罪。我没能够好好地帮助你。我那次要是不说走嘴,你继续治疗下去多好啊,是我害了你啊。你也太任性了。怎么就那么任性呢?

"一切都是命定的吗?我们怎么就分开了呢?要是一开始我们就能走在一起,就好了。天不遂人愿。我还欠你呢,欠你一首歌。

"我写不出来。也许将来有一天我们见面了,我才能写得出。

"你的身体不在这里,但你的魂一定在这里吧?你的遗体在哪儿呢?大海那么大,一点影子都没找到啊。你也就不要那个遗体了,你就和你过去的衣服,你的头发,留在这里吧。你走过了奈何桥吗?你没有喝迷魂汤吧?

"你能听到我说话吗?

"你要有灵就好了。你不孤独。我会每年来看你。下辈子,你一定要记得我。"老于说,用手擦了一下眼泪。

"你要是有灵,就告诉我一声吧。"

四下里寂静得很,甚至连风声也听不到。

老于坐着,静静地坐着,他相信她听到了他的话。

不知从什么地方飞来了一只蝴蝶,身上有很大的花纹,黄黑相间。它停在了他的手上。他以为只要一抬手,它就会惊吓得飞起来。他试着往上抬了抬手,它却只是静静地立着,连翅膀都不扇动。

"你怎么不飞走呢？人类是很危险的。"他说。

"人类对你们来说，就是喜怒无常的上帝。你快飞走吧。"他说。

那只蝴蝶在他的手上挥动了两下翅膀。他突然发现那两片翅膀上似乎有字。那黄黑相间的花纹，有点像汉字"雯"，两片翅膀上各有一个"雯"字。

他的心颤抖起来。

"是你吗？雯雯。"

蝴蝶不动。

"是你吗？雯雯。是你的话，你就现在飞起来，让我看见你。"

蝴蝶从他的手上飞了起来，飞走了，越飞越高，越飞越远……

老于终于控制不住内心积郁的悲愤，放声大哭了起来。